クリスティー文庫
107

招かれざる客
〔小説版〕

アガサ・クリスティー
（チャールズ・オズボーン小説化）
羽田詩津子訳

早 川 書 房

9095

THE UNEXPECTED GUEST by Agatha Christie
Novelised by
Charles Osborne

Translated by
Shizuko Hata
Published 2024 in Japan by
HAYAKAWA PUBLISHING, INC.
This book is published in Japan by
arrangement with
AGATHA CHRISTIE LIMITED
through TIMO ASSOCIATES, INC.

招かれざる客〔小説版〕

登場人物

マイケル・スタークウェッダー………石油会社のエンジニア
リチャード・ウォリック………………南ウェールズに住む男
ローラ・ウォリック……………………リチャードの妻
ミセス・ウォリック……………………リチャードの母
ジャン・ウォリック……………………リチャードの腹違いの弟
ミス・ベネット（ベニー）……………ウォリック家の家政婦兼秘書
ヘンリー・エンジェル…………………リチャードの従僕兼看護人
ウォーバートン（ウォービー）………リチャードの元看護師
ジュリアン・ファラー…………………少佐。政治家
トマス……………………………………警部
キャドワラダー…………………………部長刑事。トマスの部下

一章

肌寒い十一月の夜、時刻はそろそろ真夜中になろうとしていた。闇に沈む南ウェールズの細い田舎道は、両側から樹木が迫り、渦巻く霧のせいで、ところどころ視界がきかなかった。数秒ごとに自動的に鳴らされる霧笛が、さほど離れていないブリストル海峡から響いてくる。ときおり犬の遠吠えの声、フクロウの陰鬱な鳴き声が夜のしじまを破った。道といっても、小道に毛の生えた程度のこの細い道路沿いには、一キロほどの距離を置いてぽつんぽつんと家が建っているだけだった。ひときわ暗い場所にさしかかったところで道はカーヴし、広々とした庭園の奥に建つ壮麗な三階建ての屋敷の前を通り過ぎている。まさに、その地点で、一台の車が前輪を路肩の溝に落として立ち往生していた。溝から脱出しようと、二、三度アクセルを踏みこんだあとで、車の運転者はこれ以上繰り返してもむだだと悟ったにちがいなく、エンジンを切った。

　まもなく運転者は車から降りてきて、ドアをバタンと閉めた。年の頃三十五ぐらい、砂色の髪をした、いくぶんずんぐりした男で、アウトドア派らしい雰囲気を漂わせ、ざっくりしたツイードのジャケットに黒っぽいコートを着こみ、帽子をかぶっていた。男は足元を懐中電灯で照らしながら、慎重な足どりで芝生を横切り屋敷へと向かったが、途中で立ち止まり、優雅なファサードを備えた十八世紀の建物をとっくりと眺めた。屋敷は真っ暗で寝静まっているように見えたが、男は建物の表側にあるガラスの両開きドアに近づいていった。一度振り返って、突っ切ってきた芝生と、その向こうの道を一瞥してから、ドアにまっすぐ歩み寄り、ガラスに両手をあてて中をのぞきこんだ。室内では何も動く気配がしなかったので、ガラスをノックした。応えはなく、間をおいて、もう一度、もっと強くノックした。そのノックにも応答がなかったので、男は把手を回してみた。すぐにドアは開き、男は闇に包まれた部屋におぼつかない足どりで入っていった。

　部屋に入ると再び立ち止まり、物音か人の気配がしないかと耳を澄ました。それから、「こんばんは」と呼びかけた。「どなたかいませんか？」部屋の中をぐるっと懐中電灯で照らすと、りっぱな家具が置かれ、壁にずらりと書物の並んだ書斎が浮かび上がった。

部屋の中央には、ハンサムな中年男性が膝に毛布をかけ、両開きドアの方を向いて車椅子にすわっているのが見てとれた。すわったまま、眠りこんでしまったようだった。

「おや、こんばんは」侵入者は声をかけた。「驚かせるつもりはなかったんです。いやはや、失礼しました。このろくでもない霧のせいで、車が溝に落ちてしまったもので。ここがどこなのか、皆目、見当もつかないんですよ。おっと、ドアを開けっぱなしにしていた。本当にすみません」謝りながら向きを変え、両開きドアに戻っていくと、ドアを閉めカーテンを引いた。「どこかで幹線道路とぶつかるはずなんです」と説明した。「このあたりのわけのわからん小道を、かれこれ一時間以上も走り回っていたんですよ」

返事はなかった。「眠っていらっしゃるんですか？」侵入者はたずねると、あらためて車椅子の男の正面に立った。やはり応えがないので、椅子にすわっている男の顔に懐中電灯を向け、そこでぎくりと凍りついた。椅子の男の目は閉じられたままで、身じろぎひとつしなかった。侵入者がかがみこみ、男を起こそうとするかのように肩に触ると、男の体は椅子の中でがくっと前のめりに倒れこんだ。「なんてこった！」懐中電灯を握っている男は叫んだ。どうしたらいいのか心が決まらない様子で、しばし躊躇していたが、やがて懐中電灯で部屋を照らして、ドアのそばに明かりのスイッチを見つけると、部屋を大股で横切ってスイッチを入れた。

デスクの上のスタンドがついた。侵入者は懐中電灯をデスクに置き、車椅子の男を穴のあくほど見つめながら、そのまわりを一周した。別のドアのそばにも照明スイッチがあることに気づき、そちらに歩み寄るとスイッチを入れ、室内に巧みに配置されたふたつの補助テーブルの上のランプも灯した。それから、車椅子の男の方へ一歩近づこうとして、棒立ちになった。部屋の反対側の書棚が並ぶアルコーヴのわきに、カクテルドレスに揃いのジャケットをはおった三十歳ぐらいの魅力的な金髪の女性が立っていることに、初めて気づいたからだ。その女性は両手を力なくわきに垂らしたまま、身動きもせず、口もきかなかった。しばし無言で、二人は見つめあった。やがて男が口を開いた。

「この人――死んでますよ！」男は叫んだ。

完璧に表情を殺したまま、女性は答えた。「ええ」

「知っていたんですか？」男はたずねた。

「ええ」

慎重な足どりで車椅子の死体に近づきながら、男は言った。「撃たれてます。頭を撃ち抜かれている。いったい誰が――？」

女性がドレスのひだに隠されていた右手をゆっくりと持ち上げたので、男は言葉を切

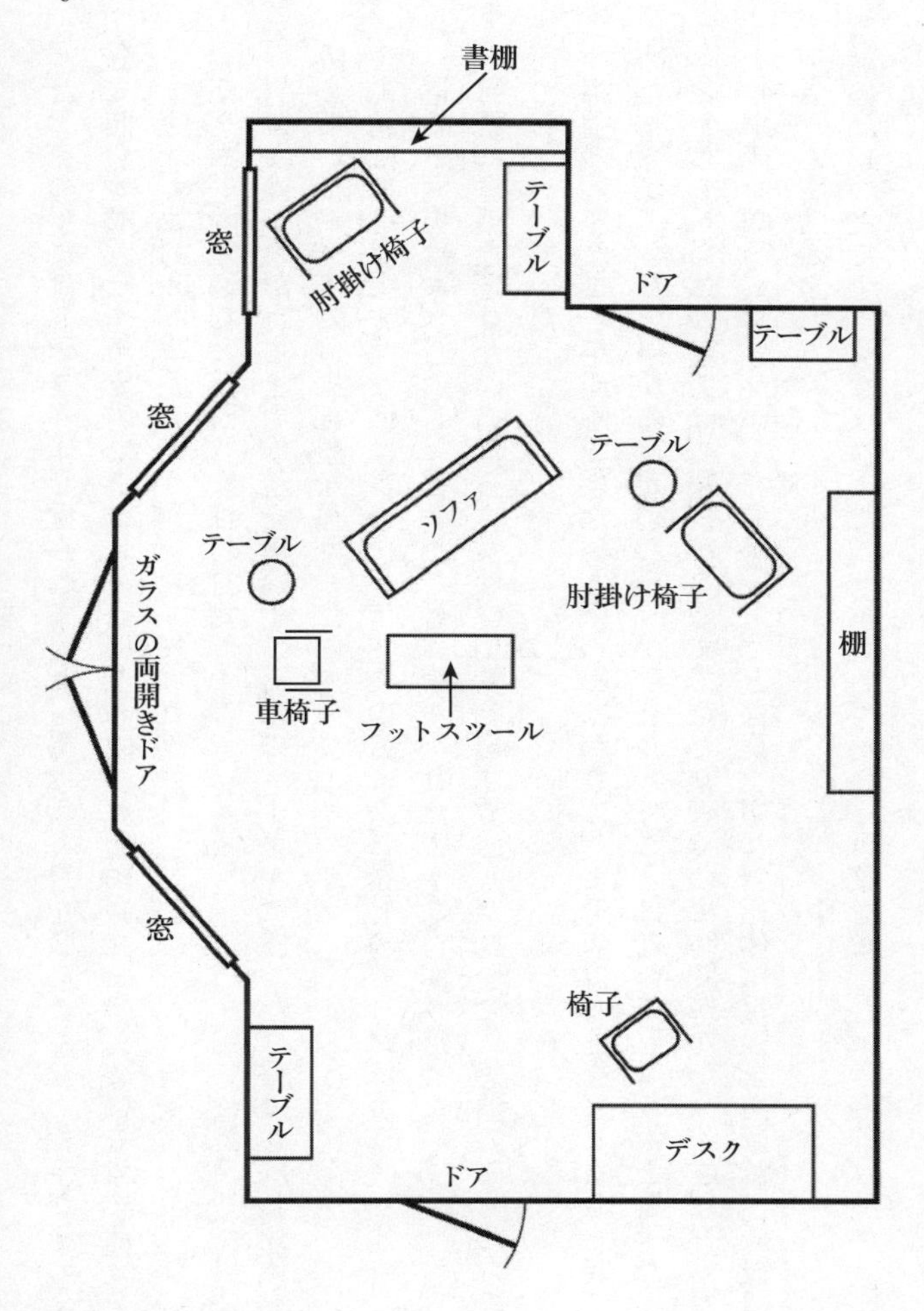
書棚
窓
肘掛け椅子
テーブル
ドア
テーブル
窓
テーブル
ソファ
テーブル
ガラスの両開きドア
肘掛け椅子
棚
車椅子
フットスツール
窓
椅子
テーブル
デスク
ドア

った。その手にはリボルバーが握られていた。男は鋭く息を吸いこんだ。相手がその拳銃で自分を脅すつもりがないとわかると、男は女性に近づいていき、拳銃を女の手からそっととりあげた。「あなたが撃ったんですか？」

「ええ」一瞬ためらったが、女性は肯定した。

男は女性から離れると、拳銃を車椅子のそばのテーブルに置いた。彼はしばし死体を眺めていたが、不安げに部屋を見回した。

「電話はあそこです」女性は言って、デスクの方にあごをしゃくった。

「電話？」男はおうむ返しに言った。意表をつかれたような口ぶりだった。

「警察に電話なさりたいのなら」女性は相変わらず放心した様子で、感情のこもらない声でしゃべっていた。

相手の言ったことが理解できないといわんばかりに、よそ者は女性をまじまじと見つめた。やがて「数分早かろうが遅かろうが、どうってことはないでしょう」と言った。

「どっちみち、この霧では、警察がここまでたどり着くのに時間がかかりそうだ。もう少し事情を知っておきたいんですが――」と言葉を切り、死体に視線を向けた。「彼は何者なんですか？」

「わたしの夫です」女性は答えた。一拍置いてから、言葉を続けた。「名前はリチャード・ウォリック。わたしはローラ・ウォリックです」

男は彼女から視線をはずそうとしなかった。「なるほどね」しばらくして彼はつぶやいた。「どうでしょう――おすわりになったら？」

ローラ・ウォリックはのろのろと、いくぶんふらつく足どりでソファに歩み寄った。部屋を見回して、男はたずねた。「飲み物か――何かを持ってきましょうか？　ショックだったにちがいない」

「主人を射殺したから？」その口調はそっけなく皮肉っぽかった。

どうにか冷静さをとり戻したらしく、男は相手にあわせて淡々と応じた。「当然、そう想像しますよ、ねえ。それとも、わくわくする気晴らしだったのかな？」

「たしかに、そうかもしれません」とローラ・ウォリックは謎めいた答えをすると、ソファにすわりこんだ。男は眉をしかめ、とまどった顔つきになった。「でも、いただきます――その飲み物を」彼女は続けた。

男は帽子を脱ぐと、それを肘掛け椅子に放り投げ、それから車椅子のそばのテーブルのデキャンターからブランデーを注ぎ、グラスを彼女に渡した。彼女がそれを飲み干し、ひと息ついたところで、男は口を開いた。「さて、すべてを話してくださるんでしょうね」

ローラ・ウォリックは男を見上げた。「警察に電話した方がいいんじゃありません？」

「そう、せかさないで。まずはちょっと気楽なおしゃべりをしたって、かまわないでしょう？」男は手袋を脱ぎ、それをコートのポケットに押しこんだ。それから、コートのボタンをはずしはじめた。

ローラ・ウォリックはしだいに平静さを失いはじめた。「わたし――」彼女は言いさして、あらためて問いかけた。「何者なのです、あなたは？　どうして今夜ここに来たんですの？」彼に答える隙を与えず、ほとんど叫ぶように彼女は言った。「お願いですから、あなたは誰なのか教えて！」

二章

「いいですとも」男は答えた。片手で髪をかきあげ、どこから、あるいはどうやって話を始めようか決めあぐねているように、部屋をしばし見回してから言葉を継いだ。「ぼくはマイケル・スタークウェッダーといいます。変わった名前だということは承知していますよ」と言って、綴りを教えた。「エンジニアで、アングロ・イラニアン石油に勤めています。ペルシャ湾での仕事を終えて、こっちに戻ってきたばかりです」彼は言葉を切った。しばらく中東のことを思い出そうとしているのか、あるいは詳細をどの程度まで話すべきか迷っているようだったが、やがてひょいと肩をすくめた。「このウェールズには二日前に来て、古い史跡を見学して回ってます。実は母の実家がこのあたりなので、小さな家でも買おうかと思ってるんですよ」

彼は笑いながら首を振った。「この二時間――いや三時間と言った方がいいかな――すっかり道に迷ってしまっていたんです。南ウェールズの曲がりくねった田舎道をさんざん走り回ったあげくに、溝にはまってしまった！　あたりは一面の濃い霧で右も左もわからない。やっと門を見つけて、手探りで屋敷までたどり着いたんですよ、電話か何かを拝借できるかもしれないし、運がよければ、泊めていただけるかもしれないと期待したものですから。そこの両開きドアの把手を回したら、鍵がかかっていなかったので、中に入りました。そこで発見したのは」——彼は車椅子の方に視線を向け、そこにぐったりしている死体を手振りで示した。

ローラ・ウォリックは彼を見上げた。その目には生気がなかった。「あなたはまずガラスをたたいたわ——二、三度」と彼女はつぶやいた。

「ああ、そうでした。応えはなかった」

ローラはあえぐように言った。「ええ、わたし、応えませんでした」いまや彼女の声は、ささやかんばかりだった。

スタークウェッダーは彼女の胸中を推し量ろうとしているのか、じっと相手を見つめた。それから車椅子の死体に一歩近づき、そこでくるりとソファの女性に向き直った。彼女にもう一度口を開かせようとするかのように、繰り返した。「今言ったように、ぼくは把手を試し、ドアに鍵がかかっていなかったので中に入ったのです」

ローラはブランデーグラスをのぞきこんでいたが、引用でもするみたいに、ぼんやりとつぶやいた。『ドアが開き、招かれざる客が入ってくる』」彼女はかすかに身震いした。「子供の頃は、その言葉が怖くてたまりませんでしたわ。『招かれざる客』という言葉が」頭をそらして、闖入者（ちんにゅうしゃ）を見上げると、ふいに感情を高ぶらせて叫んだ。「ねえ、警察に電話して、決着をつけたらいかが？」

スタークウェッダーは椅子の死体に歩み寄った。「いやまだです。あともう少しだけ。どうしてご主人を撃ったのか、教えてもらえますか？」

答えを口にしたとき、ローラの声音には皮肉っぽさが戻っていた。「非の打ち所のない理由なら、いくつかあげられますわ。ひとつ、あの人は酒飲みだった。浴びるように飲んだ。ふたつ、残酷だった。耐えがたいほど残酷だった。わたし、何年も前から主人を憎んでいたんです」この言葉を聞いてスタークウェッダーがさっと鋭い視線を向けたことに気づき、ローラはむっとして続けた。「あら、どういう答えを期待していたんですの？」

「何年もご主人を憎んでいた？」スタークウェッダーは独り言のようにつぶやき、死体をしげしげと眺めた。「しかし今夜は何かが――何か特別なことが――起こったのでしょう？」彼は質問した。

「まさにおっしゃるとおりよ」ローラは言葉に力をこめた。「今夜、とても特別なことが起きたんです。それで――主人の横に置いてあった拳銃をテーブルからとって――撃った。簡単そのものだったわ」ローラはいらだたしげな視線をスタークウェッダーに投げつけた。「ああ、こんなことを話していて何になるんですの？　結局、警察に電話しないわけにはいかないんですよ。他に道はないんですから」声を落として、彼女は繰り返した。「他に道はないのよ！」

スタークウェッダーはまじまじと彼女を見つめた。「あなたが考えるほど簡単なことじゃない」と彼は意見を言った。

「どうして簡単じゃないんです？」ローラはたずねた。じれったそうな口調だった。

彼女に近づきながら、スタークウェッダーはゆっくりと言葉を選びつつしゃべった。「あなたがさせようとしていることは、ぼくにとってそれほど簡単にできることじゃないんです」彼は言った。「あなたは女性だ。それも、とても魅力的なご婦人だ」

ローラはきっとなって彼を見上げた。「そのことで何かちがいがありますの？」

スタークウェッダーはほとんど陽気といえそうな口調で答えた。「理論上は、むろんちがいなどありませんよ。しかし、現実にはあるんです」彼は自分のコートをアルコーヴに運んでいき肘掛け椅子に置くと、戻ってきてリチャード・ウォリックの死体を見下ろした。

「ああ、騎士道精神のことをおっしゃってるのね」ローラはなげやりに言った。

「そうだなあ、お望みなら、好奇心と呼んでいただいてもいいですね。ぼくは、この出来事の経緯を洗いざらい知りたいんですよ」

ローラは答えを躊躇しているようだった。やがて「もうお話ししました」とだけ言った。

スタークウェッダーは、ローラの夫の死体がすわっている車椅子の周囲をゆっくりと歩いた。あたかも魅入られたかのように。「だいたいのところは話してくれたんでしょうね、おそらく」と彼は認めた。「しかし、それ以上のことはひとつも言わなかった」

「それに、わたしのりっぱな動機についても、もうお話ししたわ」ローラは答えた。

「これ以上、申し上げることはありません。だいたい、わたしが話したことをどうしてそっくり信じていらっしゃるの？　好きなように作り話をしてるかもしれないのに。リチャードが残酷な人でなしで、酒飲みで、わたしの人生を惨めなものにした――そしてわたしは彼を憎んでいた、すべて、わたしがそう主張しているだけです」

「最後の意見は、疑問の余地なく受け入れられますよ」スタークウェッダーは言った。

「なんといっても、それを裏づける証拠がどっさりありますからね」再びソファに近づいていき、彼はローラを見下ろした。「それにしても、少々思い切った行動に出たものですね、そう思いませんか？　あなたは何年ものあいだ彼を憎んでいたとおっしゃる。なぜ彼のもとを去らなかったのです？　絶対に、その方が簡単だったはずだ」

ローラはあやふやな口調になった。「わたし――わたし、自分のお金がなかったのです」

「あきれましたね。残酷さと習慣的な飲酒、さらに、その他もろもろを証明できれば、離婚できたんですよ――あるいは別居でも――そうすれば離婚手当だか何だか知らないが、お金をもらえたんです」彼は言葉を切って返事を待った。

返答に窮(きゅう)してローラは立ち上がると、彼に背中を向けたままテーブルに歩み寄りグラスを置いた。

「お子さんがいたんですか？」スタークウェッダーはたずねた。

「いいえ――ありがたいことに」

「じゃあ、どうして彼と別れなかったんです？」

動揺した様子で、ローラは質問者の方を向いた。「だって――」彼女はようやく口を開いた。「だって――ほら――これで、主人の全財産を相続できますもの」

「おや、とんでもない」スタークウェッダーは異を唱えた。「法律では、犯罪の結果による利益は得られないようになっているんです」一歩ローラに近づき、たずねた。「それとも、そのことはもう考えたんですか――?」口ごもってから、続けた。「いったい何を考えていたんですか?」

「何をおっしゃりたいのか、わからないわ」

「あなたは馬鹿ではない」スタークウェッダーは、彼女を見すえながら言った。「たとえご主人の財産を相続したとしても、一生、刑務所に閉じこめられていたら、あまりうれしくないでしょう」肘掛け椅子にくつろいですわりこむと、彼はつけ加えた。「ついさっき、ぼくがドアをノックしなかったとしたら? あなたはどうするつもりだったんですか?」

「それが大事なことですか?」

「さほど――ただ、興味があるんですよ。あなたの説明はどうなっていたんでしょうね、ぼくが突然飛びこんできて、殺人の現場を押さえなかったら? 事故だと言い逃れるつもりだったんですか? あるいは自殺だと?」

「わからないわ」ローラは叫んだ。度を失っているように聞こえた。ソファに歩み寄ると、スタークウェッダーと顔をあわせないようにしてすわった。「見当もつきません」彼女はつけ加えた。「だって――考える時間なんて、なかったんですもの」

「たしかに」彼は同意した。「ええ、おそらくなかったでしょうね――計画的な犯行だとは思えませんから。衝動的にやったことでしょう。実を言うと、たぶん、ご主人が言ったことのせいだと考えているんですよ。あなた、何を言われたんです？」

「どうでもいいことだわ、そんなこと」ローラははぐらかした。

「ご主人は何を言ったんですか？」スタークウェッダーは食い下がった。「何だったんですか？」

ローラはまじろぎもせずに相手を見つめた。「そのことは、誰であろうと、一切話すつもりはありません」断固たる口調だった。

スタークウェッダーはソファに近づいていき、彼女の背後に立った。「法廷で訊かれることになりますよ」と警告した。

沈鬱な表情で彼女は答えた。「答えるつもりはありませんから。法廷だって、無理やり答えさせることはできないわ」

「しかし、あなたの弁護士は知らねばならない」スタークウェッダーは言った。ソファにかがみこみ、彼女を真剣なまなざしで見つめながら言葉を続けた。「それによって、判決が一変するかもしれないんですよ」

ローラは振り向いて彼を正面から見た。「ああ、わからないんですか？」声が高くなった。「この状況がわからないの？　わたしには希望がないってことが。最悪のことを覚悟しているんです」

「ぼくがそのドアから入ってきたというだけで？　もしぼくが現れなければ――」

「でも、現れたでしょ！」ローラは遮（さえぎ）った。

「たしかに、そうです」彼は認めた。「その結果、あなたは身動きがとれなくなった。そう考えているんですか？」

ローラは返事をしなかった。「どうぞ」彼は彼女に煙草を差し出し、自分も一本とった。「さて、ちょっとおさらいしてみましょう。あなたは長いあいだ、ご主人を憎んでいた。そして、今夜、彼はあなたの堪忍袋（かんにんぶくろ）の緒が切れるようなことを口にした。あなたは、そばに置いてあった拳銃をつかんで――」ふいに口をつぐみ、テーブルの上の拳銃を見つめた。「ところで、どうしてご主人は、拳銃を横に置いて、ここにすわっていたんですか？　よくあることとは言えない」

「ああ、そのことですか。いつも猫を撃っていたんです」

スタークウェッダーは驚いて彼女を見つめた。「猫を？」と訊き返した。

「ええ、どうやら、少し説明した方がよさそうですわね」ローラは観念したようだった。

三　章

スタークウェッダーはいくぶんおもしろがっている表情を浮かべて、ローラを見つめ「それで？」と話の続きを求めた。

ローラは深呼吸をひとつした。それから、宙を見すえて、話しはじめた。「リチャードはかつて、猛獣狩りのハンターとして勇名を馳せていたんです。わたしたちが出会ったのもあちら——ケニアでした。当時の彼は今とはちがう人間でした。いえ、というか、性格のよい部分だけが表に現れていて、悪い部分は隠されていたんです。ええ、たしかにすぐれた資質も持っている人でした。度量も勇気もあって。すばらしく勇敢だった。女の目には、とても魅力的に映りました」

ローラはいきなり顔を上げた。初めてスタークウェッダーの存在に気づいたかのように。彼女の視線を受け止めながら、スタークウェッダーは自分のライターで彼女の煙草に火をつけてやった。それから自分も煙草を吸いつけた。「続けてください」彼は促した。

「出会ってすぐに結婚しました」ローラは続けた。「そして二年後、彼は恐ろしい事故にあったんですの――ライオンに襲われて。命が助かっただけでも幸運でしたが、それっきり下半身麻痺になり、歩けなくなったのです」いくぶん動揺がおさまったらしく、彼女がソファにもたれたので、スタークウェッダーはフットスツールに移動して彼女と向かい合わせにすわった。

ローラは煙草を吸い、煙をふうっと吐き出した。「逆境は人を成長させると言いますでしょ。でも、主人の場合はちがいました。それどころか、すべての欠点を増長させたんです。執念深さ、サディスティックな性癖、度を超した飲酒。この屋敷に住む誰にとっても、彼との生活は耐えがたいほど辛(つら)いものになりました。なのに、全員がそれに我慢していたんです――ああ、どういうものか見当がおつきでしょ。『かわいそうに、リチャードは体が不自由になって』と。我慢するべきじゃなかったんですわ、もちろん。今はそれがわかります。わたしたちの忍耐のせいで、あの人は、自分は他の人たちとちがう、申し開きをせずに何だって好き勝手なことができる、と思いこむようになったんです」

ローラは立ち上がり、肘掛け椅子のそばのテーブルに歩み寄り、灰皿に灰を落とした。

「生涯にわたって」と彼女は話を続けた。「リチャードが何よりも好んだのは射撃でした。ですから、この家で暮らすようになると、毎晩、みんなが寝静まったあとで、ここにすわっていました」――彼女は車椅子を手で示した――「そしてエンジェル――そうですね、従僕兼看護人と言っていいかと思いますけど――エンジェルがブランデーとリチャードの銃を運んできて、手の届くところに置きました。そして、あの人は両開きドアを大きく開けさせ、ここにすわって、猫の目がぎらりと光ったり、ウサギや野良犬が迷いこんできたりしないか見張っていたんです。当然ですけど、最近はウサギもそんなにいませんわ。例の病気――粘液腫とか――で数が減っていますから。でも猫は相当な数を撃っていました」彼女は煙草を深々と吸いこんだ。「昼間から撃っていました。それに鳥も」

「ご近所から苦情が出なかったんですか？」スタークウェッダーはたずねた。

「ええ、もちろん、出ました」ローラは答えながら、またソファに戻っていき腰をおろした。「ここに引っ越してきてから、まだ二年なんです。その前は、東海岸の方、ノーフォークに住んでいました。あちらではご近所のペットが一、二匹、リチャードの犠牲になりまして、やり玉にあげられましたの。実を言うと、ここに越してきたのは、それが理由だったんです。人里離れていますでしょ、この家は。一キロほど先に家が一軒あるだけです。そのかわり、リスや鳥や野良猫はいくらでもいますから」

彼女はしばし口をつぐんでいたが、また言葉を続けた。「ノーフォークで本当に問題になったのは、ある日、ご近所の婦人が村祭りの寄付金を集めにいらしたときのことなんですの。ご婦人が私道を歩いて帰っていくときに、リチャードはその方の左右を狙って発砲したんです。まさに脱兎のごとく逃げていった、と彼は言ったものです。お腹を抱えてげらげら笑いながら、得意満面で話すんです。太った尻がゼリーみたいにぷるぷる震えていた、と言ったのを覚えていますわ。ただ、彼女が警察に訴え出たので、上を下への大騒ぎになりました」

「目に浮かびますよ」スタークウェッダーは感情をこめずに言った。

「でも、リチャードは罪に問われずにすみました」とローラは応じた。「銃器にはすべて許可証を持っていました、もちろん。それに、ウサギを撃つためにしか使っていない、と警察に断言しました。気の毒なミス・バターフィールドは臆病な老嬢なので、自分が狙われたと思いこんだにちがいない、と巧みに言い逃れたんです。人を撃つような真似は誓ってしていない、と彼は主張しました。リチャードはとても弁が立ちますの。警察に話を信じこませるなんて、造作もないことでした」

スタークウェッダーはフットスツールから立ち上がると、リチャード・ウォリックの死体に歩み寄った。「あなたのご主人は、相当にひねくれたユーモアセンスの持ち主だったようですね」と辛辣な口調で言った。そして車椅子の隣のテーブルに視線を向けた。「あなたのおっしゃっていたことが理解できましたよ」スタークウェッダーは続けた。「つまり、拳銃を手元に置いておくのは、毎晩の習慣だったんですね。しかし、当然ながら、今夜は何かを撃つつもりなぞ、なかったでしょう。この霧では無理だ」

「とにかく、拳銃はいつもそこに置いていました」ローラは答えた。「毎晩。子供のおもちゃのようなものだったのです。壁を撃って、弾痕で文字を書いたことも。ほら、そこをごらんになって」と彼女は両開きドアの方を指さした。「左の方、カーテンの陰です」

スタークウェッダーがドアに近づき、左側のカーテンをつまみあげると、壁板に弾痕で綴られた文字が現れた。「あきれた、壁に自分のイニシャルを刻みつけたんですね。『R・W』と弾痕で書かれている。驚いたな」カーテンを元に戻すと、ローラに向き直った。「射撃の腕がきわめていいことは、認めないわけにいきませんね。ふうむ、それは確かだ。ご主人はいっしょに暮らす相手としては、かなり恐ろしい人間だったにちがいない」

「そのとおりですわ」とローラは言葉に力をこめた。そして、衝動に駆られたかのように勢いよくソファから立ち上がると、招かれざる客に近づいていった。「いつまで、こんなことをぐずぐずしゃべっていなくちゃなりませんの？」もどかしげに詰問した。「ただ、結論を先延ばしにしているだけですよ。警察に電話しなくてはならないということが、おわかりにならないの？　他に選択肢はないんです。今すぐ電話してくださった方が、よほど親切なのでは？　それとも、わたしがそうするのを期待していらっしゃるの？　そうなんですの？　わかりました、わたしが電話します」

ローラは足早に電話に歩み寄っていった。スタークウェッダーはそのあとを追いかけ、受話器を持ち上げた彼女の手を片手で押さえた。「まず、話し合いが先です」彼は言った。

「話ならさっきからしているじゃないですか。それに、どっちにしろ、話し合うことなんてありませんわ」

「いや、あるんです」彼は譲らなかった。「正直言って、ぼくは頭がどうかしてるのかもしれない。しかし、なんとか切り抜ける方策を見つけなくてはならない」

「方策ですって？　わたしのために？」ローラはたずねた。とても信じられないと言いたげな口ぶりだった。

「そうです。あなたのために」彼は二、三歩ローラから離れ、振り向いて正面から相手を見た。「あなたはどのぐらい勇気がありますか？」彼はたずねた。「必要なら嘘を——しかも、説得力のある嘘をつき通せますか？」

ローラは目をみはった。「あなた、どうかしてるんですわ」とだけ言った。

「たぶんね」スタークウェッダーは認めた。

困惑したようにローラは首を振った。「あなたは、ご自分のなさっていることがわからないのよ」

「自分のしていることは、いやというほど承知していますよ。自ら事後従犯になろうとしているんです」

「でも、なぜですの？」ローラは訊いた。「どうしてなんです？」

スタークウェッダーは返事をする前に、しばらくローラを見つめていた。やがて、

「そう、なぜだろう？」と繰り返した。ゆっくりと言葉を選びながら、彼は言った。

「いちばんわかりやすい理由は、おそらく、あなたがとても魅力的な女性だからでしょう。むざむざ人生の盛りを、刑務所に閉じこめられて過ごすのを見たくないんですよ。それは絞首刑にされるのに劣らず、おぞましいことだ、ぼくの意見ではね。しかも、目下、状況はあなたにとってきわめて不利です。ご主人は下半身麻痺の肢体不自由者だった。犯行を挑発したとおぼしき言動は、あなたの口から聞くしかない。しかも、あなた

はそれを絶対に明かすつもりがないと言う。となると、陪審があなたを無罪放免する可能性は皆無でしょうね」

ローラはまじろぎもせずに彼を見つめた。「あなたはわたしをご存じないでしょ。わたしが話したことは、一から十まで嘘かもしれないんですのよ」

「かもしれない」とスタークウェッダーは陽気に同意した。「そして、ぼくはおめでたい人間かもしれない。だが、ぼくはあなたを信じているんです」

ローラは顔をそむけ、彼に背中を向けてフットスツールに腰をおろした。数秒ほど、どちらも言葉を発さなかった。やがて、ふいに希望の光に目をきらめかせながら、ローラは彼に顔を向け、探るように相手を見てから、かすかに首をうなずかせた。「ええ」彼女は言った。「必要とあらば、嘘をつくことができますわ」

「けっこう」スタークウェッダーは決意もあらわに宣言した。「では、大至急話し合いましょう」車椅子のそばのテーブルに歩み寄り、灰皿に灰を落とした。「まず始めに、この家にいる人間を正確に教えてください。誰がここに住んでいるんですか？」

わずかな躊躇ののち、ローラは機械的に名前を挙げはじめた。「リチャードの母親」とまず言った。「それにベニー——ミス・ベネットというのですが、ベニーと呼ばれています——家政婦兼秘書のような仕事をしています。元病院勤務の看護師です。彼女は昔からこの家に仕えていて、リチャードに心酔しています。それからエンジェル。彼のことはもう話に出ましたわね。男性の看護人で――そうですね、従僕という立場だと思います。リチャードの世話全般を引き受けています」

「屋敷には住みこみの使用人もいるんですか？」

「いいえ、住みこみの使用人はいません、通いの者が何人かいるだけです」ローラは言葉を切った。「ああ――忘れるところでした」彼女は続けた。「ジャンがいますわ、もちろん」

「ジャン？」スタークウェッダーは鋭く問い返した。「ジャンというのは何者ですか？」

ローラは決まり悪そうな表情をちらと浮かべた。それから、気の進まない様子で答えた。「リチャードの腹違いの弟なんです。彼は――わたしたちといっしょに暮らしています」

スタークウェッダーは彼女がすわっているスツールに近づいていった。「さあ、洗いざらい話してください」と要求した。「ぼくに話したくないような、どんな秘密がジャンにはあるんです？」

しばしためらってから、ローラは口を開いたが、相変わらずその口調は用心深かった。

「ジャンはいい子です。とても愛情深くて、やさしくて。でも――でも、普通の人とはちがうんです。つまり――いつまでも子どもみたいなんですの」

「なるほど」スタークウェッダーは同情をこめてつぶやいた。「しかし、あなたは彼のことが好きだ、そうでしょう？」

「ええ」ローラは認めた。「ええ――とても好きです。それが――本当のところ、それが理由でリチャードのもとを出られなかったのです。ジャンのために。だって、リチャードの思いどおりにさせておいたら、ジャンを施設に入れてしまいますもの。そういった人たちの施設に」

スタークウェッダーはゆっくりと車椅子の周囲を巡り、リチャード・ウォリックの死体を見下ろしながら、なにごとか考えこんでいた。やがて「そうか」とひとりごちた。「彼はそう言って、あなたを脅していたんですね？　つまり、もしおまえが家を出ていけば、弟を施設にやってしまうぞと？」

「ええ」ローラは答えた。「もしわたしに――ジャンと二人で暮らしていけるぐらいのお金を稼げる確かな見込みがあれば――だとしても、そんなことができたかどうか。それに、どっちみち、リチャードはジャンの法律上の後見人だったんです、当然ですけど」

「リチャードはジャンに親切でしたか?」スタークウェッダーは質問した。

「ときには」と彼女は答えた。

「そして、そうじゃないときは?」

「彼は——ジャンを施設に入れるとしょっちゅう口にしていました」ローラは言った。「よくジャンにこう言ってましたわ、『施設じゃ、おまえを親切に扱ってくれるよ、坊主。ちゃんと面倒を見てもらえる。それに、きっとローラも、年に一度か二度は面会に来てくれるさ』。おかげでジャンはひどく神経を高ぶらせ、怯えきって、すがりつかんばかりに、施設にやらないで、とつっかえつっかえ懇願してました。すると、リチャードは椅子にそっくり返り、呵々大笑しました。頭をのけぞらせ、笑って笑って、笑いぬくんです」

「なるほど」スタークウェッダーは彼女をつくづく眺めた。ややあって、考えこみながら繰り返した。「なるほどね」

ローラはさっと立ち上がると、肘掛け椅子のわきのテーブルに歩み寄り、煙草をもみ消した。「わたしの話を信じる必要なんてありませんわ」と彼女は叫んだ。「ひとことだって、信じる必要はないんです。何もかも、わたしがでっちあげたことかもしれないんですから」

「その危険は承知している、と申し上げました」スタークウェッダーは応じた。「ところで」と言葉を続けた。「この、何という名前だったかな、ベネット――ベニー――ですか？　彼女は頭が切れますか？　明敏ですか？」

「とても有能で頼りになります」ローラは請け合った。

スタークウェッダーは指をパチンと鳴らした。「ふと思ったんですが」と彼は言いだした。「今夜、家じゅうの誰一人として銃声を聞かなかったのは、どうしてなんです？」

「ええと、リチャードの母親はとても高齢で、かなり耳が遠いんです」ローラは説明した。「ベニーの部屋は家の反対側ですし、エンジェルの居室はかなり離れていて、フェルト張りのドアで閉めきられています。もちろん、ジャンもいました。この上の部屋で寝ています。でも、彼は早くベッドに入るし、とても眠りが深いんですの」

「何もかも、とてつもない幸運に恵まれたようですね」とスタークウェッダーは意見を言った。

ローラはとまどっているようだった。「でも、何をおっしゃりたいんですの？　自殺か何かに見せかけられるとでも？」

スタークウェッダーは振り返って、あらためて死体を眺めた。「いいえ」彼はかぶりを振った。「自殺に見える可能性はないですね、残念ながら」車椅子に近づいて、リチャード・ウォリックの死体をしばし見下ろしていたが、やがてこうたずねた。「彼は右利きですね？」

「ええ」とローラ。

「では、残念ながら無理だ。それだと、この角度から自分を撃つことは不可能です」彼は結論を下して、ウォリックの左のこめかみを指さした。「それに、皮膚に焼け焦げた痕もない」数秒考えこんでから、つけ加えた。「だめだ、銃はある程度離れた場所から発射されたにちがいない。まちがいなく自殺は除外される」またも言葉を切ってから、先を続けた。「しかし、むろん事故ならありうる。最終的に、事故ということにできるかもしれない」

しばらく黙りこんでいたが、スタークウェッダーは頭に浮かんだことを実践しはじめた。「さて、たとえば、ぼくが今夜ここに来たとする。実際に来たときとまったく同じようにね。このドアからひょっこり現れる」と両開きドアに歩いていき、足をもつれさせつつ部屋に入ってくる仕草を演じた。「リチャードはぼくを泥棒だと思い、狙い撃ちする。うん、それはいかにもありそうな話だ、あなたから聞いた彼の過去の行状からすると。さて、それで、ぼくは彼に近づき」――スタークウェッダーは車椅子の死体に早そうなんでしょう?」

足で歩み寄った——「彼から拳銃をとりあげ——」ローラが意気込んで口をはさんだ。「そして、もみあううちに暴発した——そうなんでしょう?」

「ええ」スタークウェッダーはうなずいたが、ふいに、体をこわばらせた。「いや、それではだめだ。さっきも言ったように、拳銃がそんな至近距離から発射されたのではないことは、すぐに警察に突き止められてしまうだろう」さらに数分頭をひねっていたが、あらためて言葉を続けた。「じゃあ、ぼくがすぐさま彼から拳銃を奪いとったとする」彼は首を振り、いらだたしげに両腕を振り回した。「いや、うまくないな。いったん奪いとったなら、どうして彼を撃たなくてはならないんだ? だめだ、なかなか手強いようだ」

スタークウェッダーは嘆息した。「いいでしょう」と彼は結論を下した。「殺人ということにしておきましょう。正真正銘の殺人。しかし、よそ者による殺人だ。身元不詳の一人または複数の犯人による殺人です」彼は両開きドアに近づき、カーテンをめくって、名案を見つけようとするかのように外をのぞいた。

「では、強盗だったんですのね?」とローラが助け船を出した。

スタークウェッダーはしばし考えこんでから、答えた。「そう、強盗ということにもできると思います。ただ、少々いんちき臭く聞こえるかもしれない」彼は言葉を切り、つけ加えた。「誰か敵がいませんでしたか？　芝居がかっていると思われるかもしれないが、ご主人に関する話をうかがった限りでは、いかにもたくさんの敵がいそうな人物に思えるんですが。いかがです？」

「ええ、そうですわね」ローラはのろのろと、確信が持てない口ぶりで答えた。「リチャードにはたくさん敵がいたと思います、でも――」

「とりあえず、反証は置いておきましょう」スタークウェッダーは彼女を遮り、車椅子のそばのテーブルの灰皿で煙草をもみ消した。それから、ソファにすわっている彼女のそばに近づいていった。「リチャードの敵について、知ってる限りのことを話してください。その一、おそらくミス――ほら、お尻の肉がぷるぷる震えていた女性――彼が狙い撃ちした女性ですよ。しかし、彼女が殺人者というのはありそうにもないな。ともあれ、彼女はまだノーフォークに住んでいるんでしょうし、ウェールズまでの日帰り往復割引切符で彼を亡き者にするためにやって来るなんてことは、とうてい想像できませんね。他にはいませんか？」彼は追及した。「他に彼に恨みを抱いている人間は？」

ローラはためらっていた。立ち上がって歩き回りながら、ジャケットのボタンをはずしはじめた。「そうですね」と慎重に口を開いた。「庭師がいますわ、一年ぐらい前に、リチャードは彼をクビにしたうえ、推薦状を書いてあげなかったんです。その男はそれを根に持って、さんざん脅し文句を並べました」

「どういう人間だったんですか？」スタークウェッダーはたずねた。「地元の男ですか？」

「ええ」ローラは答えた。「六、七キロ離れたスランヴェハンから来ていました」ジャケットを脱ぎ、それをソファの腕木にかけた。

スタークウェッダーは顔をしかめた。「庭師の線はあまり買えませんね。賭けてもいいが、自宅にいたという揺るぎないアリバイがあるにちがいない。しかも、アリバイがなかったり、妻しかそのアリバイを証明する人間がいなかったりしたら、気の毒な男をやってもいない罪で有罪に陥れることになってしまう。いや、それはまずい。ぼくらが探しているのは、過去における敵、容易に所在がたどれない人物ですよ」

ローラはゆっくりと部屋を歩きながら、考えようとしていた。そのかたわらでスタークウェッダーは話を続けていた。「リチャードが虎やライオン狩りをしていた頃の人物はどうかな？　ケニアか南アフリカ、インドにいる人物は？　警察がそうそう簡単に調べられない場所です」

「思いつきさえすれば」ローラは絶望した声で言った。「思い出せれば。当時、リチャードが何度か自慢気にしていた話を思い出すことができるといいんですけど」

「うってつけの小道具が、手元にあるってわけじゃないからな」スタークウェッダーはつぶやいた。「たとえば、不注意にもデキャンターにひっかかっているシーク教徒のターバンとか、秘密結社マウマウ団員のナイフとか、毒矢とか」集中しようとして、彼は両手を額にあてがった。「いやはや、ぼくらに必要なのは遺恨を抱いている人間、リチャードに煮え湯を飲まされた人間なんです」ローラに近づいていき、彼女をせっついた。「考えてください、奥さん。考えるんです。さあ！」

「ああ――頭が働かないわ」ローラの声は追いつめられて、かすれていた。

「あなたは、ご主人の人となりを話してくださった。その内容からして、絶対になんらかの事件や人が存在したにちがいない。神かけて、何かがあったにちがいないんです」と語気を強めた。

ローラは必死に記憶をたどりながら、部屋を歩き回っていた。

「脅しをかけてきた人物。おそらく、正当な脅しでしょうがね」スタークウェッダーは彼女を手助けしようとして言った。

ローラははっと足を止め、彼に向き直った。「いました――たった今、思い出しました」彼女はゆっくりと言葉を継いだ。「子供をリチャードに轢(ひ)き殺された人がいたわ」

四　章

スタークウェッダーはローラを凝然と見つめた。「リチャードが子供を轢き殺した？」彼は興奮してたずねた、「いつのことですか？」

「二年ほど前でした。ノーフォークに住んでいた頃です。当時、子供の父親ははっきりと脅しを口にしていました」

スタークウェッダーはフットスツールに腰をおろした。「ふうむ、そいつは有望そうな話ですね。ともあれ、その男について覚えていらっしゃることをすっかり話してください」

ローラはちょっと考えこんでから、話しはじめた。「リチャードはクローマーから車で帰ってくるところでした。かなりお酒を飲んでいました、それは別に珍しいことではなかったんですけど。時速百キロ近いスピードで小さな村を走り抜けていたんです。おそらく、かなり蛇行運転をしていたと思いますわ。その子は――幼い男の子でした――

道路沿いの宿から飛び出してきたんです——リチャードは男の子を撥ね、子供はほぼ即死状態でした」

「つまり」とスタークウェッダーは確認した。「ご主人は下半身麻痺にもかかわらず車を運転できたんですね？」

「ええ、できましたわ。そりゃ、特別に車をあつらえなくてはなりませんでしたけど、主人が操作できるような特殊な運転装置をつけてもらって。でも、ええ、あの人は車を運転することができました」

「なるほど」スタークウェッダーは納得した。「子供のことはどうなったんですか？当然、警察はリチャードを過失致死で逮捕したんでしょう？」

「もちろん、取り調べはありました」ローラは説明した。そして、いくぶん苦々しげな口調になってつけ加えた。「リチャードは無罪放免されたんですの」

「目撃者はいなかったんですか？」スタークウェッダーはたずねた。

「いたことはいましたわ」ローラは答えた。「子供の父親が。一部始終を目撃していたんです。でも、看護師がいましたの——ウォーバートン看護師が——彼女はリチャードといっしょに車に乗っていました。彼女はもちろん証言をしました。しかも、彼女によれば、スピードは時速四十キロ程度しか出ていなかったし、リチャードはシェリーを一杯飲んだだけだと言ったんですの。事故はまったく回避不能なものだった、と彼女は言いました——男の子がだしぬけに道路に、車の真ん前に飛び出してきたのだと。警察は彼女の話を信じました。車はふらふらと不安定に、しかも猛スピードで走っていたという父親の話ではなくて。どうやら、その気の毒な男性は——恨みつらみをいくぶん乱暴な言葉で表現したみたいで」ローラは肘掛け椅子に移動して、つけ加えた。「というわけで、誰だってウォーバートン看護師の話を信じたくなったんです。彼女は正直そのもので信頼できて、正確で控えめなものいいをする人間に見えたから」

「あなたご自身は車に乗っていらっしゃらなかった？」スタークウェッダーは質問した。

「ええ、乗っておりませんでした。家にいました」

「ではどうして、そのなんとかという看護師が嘘を言ったかもしれないとわかるんですか？」

「ああ、事件のことは、リチャードがあけすけにしゃべっていましたから」ローラは憤懣やるかたなさそうに言った。「取り調べから戻ってくると、今もはっきり覚えていますけど、リチャードはこう言ったんですの。『やったぞ、ウォービー、実に見事な演技だったよ。きみのおかげで、長期間、牢屋にぶちこまれずにすんだよ』すると彼女はこう言いました。『本来なら罰を免れないところだったんですよ、ミスター・ウォリック。

スピードを出しすぎていたのは、ご自分でもご存じでしょ。あのかわいそうな子供は気の毒なことでした』するとリチャードは言いました。『ああ、このことは忘れるんだ！それなりのものは払っただろ。ともあれ、人の多すぎるこの世の中で、ガキが一人減ったってどうってことないさ。あのチビなど、この世から抹殺されてかえってよかったんだ。そのせいで、俺の寝つきが悪くなることはないよ、それは保証する』」

スタークウェッダーはスツールから立ち上がると、振り返ってリチャード・ウォリックの死体を眺め、重苦しい口調で言った。「ご主人について詳しく聞けば聞くほど、今夜起きたことが殺人ではなく、正当防衛だと信じたくなりますね」ローラに近づいていき、こう続けた。「さてと。子供を轢き殺された男ですが。男の子の父親ですね。名前は何でしたか？」

「スコットランドの名前でした、たしか」ローラは答えた。「マク——マクなんとか——マクロード？　マクレイ？——思い出せませんわ」

「だが、思い出してもらわなくてはならない」スタークウェッダーは譲らなかった。「さあ、思い出して。彼はまだノーフォークに住んでいるんですか？」

「いいえ」とローラ。「こっちには誰かを訪ねてやって来ただけなんです。奥さんの親戚だったと思いますわ。わたしの記憶では、たしかカナダから来ていたのではないかしら」

「カナダか——そいつは都合よく離れているな」スタークウェッダーは言った。「追跡するには時間がかかる。いいですね」彼は言葉を続けながら、ソファの後ろに移動した。「うん、それなら可能性がありそうです。ただ、お願いですから、その男の名前を思い出すようにしてください」彼はアルコーヴの肘掛け椅子にかけたコートに歩み寄り、ポケットから手袋をとりだしてはめた。それから、何かを探すように室内に視線をぐるっと向けてから、たずねた。「どこかに新聞がありませんか？」

「新聞？」ローラは驚いて問い返した。

「今日のじゃなくていいんです」彼は説明した。「きのうでも、その前でもけっこうです」

ローラは立ち上がり、肘掛け椅子の後ろの戸棚に近づいた。「この戸棚の中に、古いものがいくらかありますわ。暖炉の火をつけるのにとってあるんです」と説明した。

スタークウェッダーは彼女といっしょに戸棚の扉を開け、新聞紙をとりだした。日付を調べてから、こう断言した。「これならいい。望みどおりのものだ」戸棚の扉を閉め、新聞をデスクに運んでいくと、デスクの引き出しからハサミをとりだした。

「何をするおつもりなんですか？」ローラがたずねた。

「ちょっとした証拠を捏造するんです」と彼は実物宣伝をするかのように、ハサミをカシャカシャ鳴らして、紙を切る仕草をしてみせた。

ローラはじっと彼を見つめながら、眉をひそめた。「でも、警察がその男の居所を発見したら？」彼女はたずねた。「そうしたら、どうなりますの？」

スタークウェッダーは彼女に笑顔を向けた。「彼がまだカナダで暮らしているなら、突き止めるには相当な労力がかかるでしょう」さらに、しかつめらしくつけ加えた。「しかも、ようやく彼を発見したときには、まずまちがいなく、今夜のアリバイがあるでしょう。何千キロも離れているというだけで、十分ですよ。それに、そのときにはもう、こっちでいろいろな証拠を照合するには手遅れになっているはずだ。ともかく、これがぼくらにできる最善の方法ですよ。あらゆることに猶予を与えてくれる」

ローラは不安そうだった。「気に入りませんわ」と異を唱えた。

スタークウェッダーは彼女にいくぶんうんざりした表情を向けた。「さあさあ、いい子だから」諭す口調になった。「えり好みをしている余裕はないんです。ただし、その男の名前は思い出してもらわなくちゃならない」

「できません、はっきり申し上げておきますけど。無理ですわ」ローラは言い募った。

「マクドゥーガルですか、もしかしたら？　それとも、マッキントッシュ？」スタークウェッダーは少しでも助けになろうとした。

ローラは二、三歩彼から離れると、両手で耳をふさいだ。「やめてください」彼女は叫んだ。「ますます、わからなくなるだけです。そもそもマクなんとかだったかすら、自信がなくなってきました」

「ふうむ、思い出せないものは、どうしようもないか」スタークウェッダーは譲歩した。「名前なしで、どうにかしましょう。もしや、日付とか何か、役に立ちそうなことを覚えていませんか？」

「ああ、日付なら、ちゃんとお教えできますわ、はっきりと」とローラは言った。「五月十五日でした」

驚いて、スタークウェッダーはたずねた。「ほう、いったいどうして覚えていたんですか？」

答えたローラの声は苦渋に満ちていた。「たまたま、わたしの誕生日だったからです」

「ははあ、なるほどね――そうか――まあ、それでちょっとした問題が解決できます」スタークウェッダーは言った。「それに、ささやかな幸運にも恵まれた。この新聞は十五日のものなんです」彼は新聞から日付を慎重に切り抜いた。

ローラはデスクの前の彼に近づいていき、その手元を肩越しにのぞきこみ、新聞の日付が五月ではなく十一月だということを指摘した。「たしかに」と彼は認めた。「しかし、厄介なのは、何月かではなく、数字なんですよ。さてと、五月か。五月というのは短い言葉ですから――ああ、ほら、ここにMがある。あとはAとYだ」

「いったい全体、何をなさっているんですの？」ローラはたずねた。

スタークウェッダーはデスクの椅子にすわりこんで、「糊はありませんか？」とたずねただけだった。

ローラは引き出しから糊の容器をとりだそうとしたが、彼はそれを制止した。「いや、触らないで」彼は命じた。「それにあなたの指紋がついているのはまずい」彼は手袋をした手で容器をとりだし、蓋をあけた。「一度ちょこっと練習すれば、犯罪者になれそうだ」彼は続けた。「それに、しめた、ありふれた無地の便箋がある――イギリスのどこでも売っていそうなやつだ」引き出しから便箋を一冊とりだすと、一枚に言葉や文字を貼りつけはじめた。「さて、これを見てください、ひとつ――ふたつ――三つ――手袋をしていると少々やりにくいな。しかし、これで完成だ。『五月十五日。借りはきっちりとお返しした』。おっと、『と』がはがれたぞ」彼はもう一度貼りつけ直した。「さてと、これでいい。どうです？」

スタークウェッダーはその便箋をはぎとり、彼女に見せると、車椅子のリチャード・ウォリックの死体に歩み寄った。「こいつをジャケットのポケットにちょっと突っ込んでおこう、こんなふうに」その拍子にテーブルにあったライターに触り、ライターが床に落ちた。「おや、これは何だ？」

ローラは鋭い叫び声をあげて、ライターを拾い上げようとしたが、スタークウェッダーの方が一瞬早かった。彼は手にしたライターをしげしげと見つめた。「渡してください」ローラは息を切らしながら言った。「それをこっちに寄こして！」

いささか虚をつかれて、スタークウェッダーはライターを彼女に渡した。「それは——わたしのライターなんです」彼女は聞かれもしないのに説明した。

「なるほど、そうおっしゃるなら、あなたのライターなんでしょう」と彼は調子をあわせた。「別にあわてることじゃありませんよ」興味深そうに、ローラを観察した。「おじけづいてるんじゃないですよね？」

ローラは彼から離れると、ソファに歩いていった。スタークウェッダーに見られないように気を配りながら、指紋をぬぐおうとするかのように、ライターをドレスにこすりつけた。「いいえ、もちろんおじけづいてなんていませんわ」彼女は保証した。

リチャード・ウォリックの胸ポケットに入れた新聞を切り貼りした手紙が、きちんと襟の下にはさみこまれるように確認すると、スタークウェッダーはデスクに戻って、糊容器の蓋を閉め、手袋を脱ぎ、ハンカチーフをとりだして、ローラを見つめた。「さあ、これでよし！」彼は宣言した。「次の段階に進む準備はすべて整った。あなたがたった今飲んでいたグラスはどこですか？」

ローラはさっき置いてきたテーブルからグラスをとってきた。ライターはテーブルに置き、グラスを手にスタークウェッダーのところに戻った。彼はそれを受けとり、彼女の指紋をふきとろうして、はっと手を止めた。「いや」彼はつぶやいた。「いや、そんなことをしたらまずい」

「どうしてですの？」ローラはたずねた。

「だって、何かしら指紋がついているはずですよ」と説明した。「グラスにもデキャンターにも。まず、従僕のもの、それに当然、あなたのご主人のものも。指紋がひとつも残っていなかったら、警察はうさん臭く思うでしょう」彼は手にしたグラスからひと口酒を口にふくんだ。「さて、これでぼくの指紋もついている説明を考え出さなくてはならない」彼はつけ加えた。「犯罪は簡単じゃないですね」

ふいに激情に駆られたかのように、ローラは叫んだ。「ああ、お願い！　もうこのことに関わらないでください！　あなたが疑われるかもしれませんわ」

おもしろそうに、スタークウェッダーは答えた。「いや、ぼくはきわめてきちんとした人間ですから——容疑をかけられることなんてありっこない。しかし、ある意味で、もうこのことに関わってしまってるんです。なんといっても、ぼくの車はあそこにあって、溝にはまりこんでいるんですから。でも、心配はいりませんよ、ちょっとした細工をして、時間的なことに少々手を加えただけですから——ぼくを告発するとしても、せいぜいその程度のことでです。それに、そうはなりませんよ、あなたが自分の役割をちゃんと演じてくれれば」

怯えたように、ローラは彼に背中を向けて、フットスツールにすわりこんだ。スタークウェッダーは回りこんできて、彼女の顔をのぞきこんだ。「さあ」と彼は言った。「用意はいいですか？」

「用意——何の用意ですの？」ローラはたずねた。

「しっかりして、冷静にふるまってもらわなくちゃならないんですから」彼は励ました。

茫然とした声で、彼女はつぶやいた。「わたし——なんだか頭がぼうっとして——ものが考えられないんです」

「あなたは考える必要なんてありませんよ。ただ指示に従ってもらえればけっこう。いいですか、こういう筋書きなんです。まず、屋敷内には、焼却炉のたぐいがありますか?」

「焼却炉?」ローラは考えこんでから、答えた。「ええ、給湯のボイラーがありますわ」

「けっこう」彼はデスクに近づき新聞紙をとりあげ、切り抜いた紙片を包みこむように丸めた。ローラのところに戻り、丸めた新聞紙を手渡した。「いいですか」と彼は指示した。「まず最初にあなたがすることは、台所に行き、これをボイラーに放りこむことです。それから、二階に行き、服を脱いでガウン——あるいはネグリジェでも何でも——に着替える」彼はいったん言葉を切った。「アスピリンはお持ちですか?」

とまどいながら、ローラは答えた。「ええ」

しゃべりつつ考え、計画を練っているかのように、スタークウェッダーは続けた。「では——びんの中身をトイレに流してしまいなさい。それから、誰かのところに行く——お義母(かあ)さんかミス——なんでしたっけ——ベネット? そして、頭痛がするのでアスピリンをもらいたいと言うんです。そして、誰でもいい、その相手といっしょにいるあいだに——ところで、ドアは開けっぱなしにしておいてくださいよ——銃声を聞くんです」

「どういう銃声ですの?」ローラは目を見開いてたずねた。

答えずに、スタークウェッダーは車椅子のかたわらのテーブルまで歩いていき、拳銃を手にとった。「よしよし」と彼はぼんやりとひとりごちた。「それはぼくがどうにかしよう」拳銃をためつすがめつした。「ふうむ。見慣れない拳銃だな——戦争の記念品ですか？」

ローラはスツールから立ち上がった。「知りません」彼女は言った。「リチャードは何丁か外国製の拳銃を持っていました」

「これは登録されているのかな」スタークウェッダーは拳銃を手に持ったまま、ひとりごとのようにつぶやいた。

ローラはソファにすわった。「リチャードは許可証を持っていました——そのことをおっしゃっているんでしたら——コレクションの許可証です」

「ええ、たぶんそうでしょうね。しかし、だからといって、すべての銃が彼の名前で登録されていることにはならない。実際、その手のことに関しては、不注意な人が多いんです。正確なところを知っていそうな人が、誰かいますか？」

「エンジェルなら、もしかしたら」とローラは言った。「それが重要なことですの？」

スタークウェッダーは部屋を歩き回りながら答えた。「つまり、ぼくらが作り上げた話だと、昔のマクなんとか——リチャードが轢き殺した子供の父親——は、いきなり踏み込んできた可能性が高い。暴力による復讐の決意に燃え、自分自身の武器を用意してね。だが、最終的には、まったく逆のもっともらしい説明をつけることもできる。その男――誰にしろ――は家に踏み込んでくる。リチャードはねぼけて、自分の拳銃をつかむ。相手の男はそれをリチャードの手からもぎとり、発砲する。いささか現実味に乏しいことは認めるが、これで押し切るしかないだろう。多少の危険は冒さないわけにいかない、それは避けられないんです」

スタークウェッダーは拳銃を車椅子のかたわらのテーブルに置き、彼女に近づいていった。「さてこれで」と言葉を継いだ。「見落としていることはもうないかな？　それならいいが。彼が十五分か二十分早く撃たれた事実は、警察がここに到着する頃にははっきりわからなくなっているでしょう。この霧の中で運転するのは、容易なことではないでしょうからね」彼は両開きドアのそばのカーテンに近づき、布地をずらして、壁の弾痕を眺めた。「『R・W』か。大変けっこう。ここにピリオドをつけ加えることにしよう」

カーテンを元に戻すと、彼はローラのそばに戻ってきた。「銃声を聞いてあなたがしなくてはならないのは」と彼は指示を出した。「不安をあらわにして、ミス・ベネット――あるいは誰でもつかまえられる人間――といっしょにここに下りてくることです。

あなたは何も知らないと説明してください。ベッドに入ったが、激しい頭痛で目が覚め、アスピリンを探しに行った——あなたの知っているのはそれだけです。わかりましたね？」

ローラはうなずいた。

「よろしい」スタークウェッダーは言った。「あとはすべてぼくに任せてください。もう、気分は大丈夫ですか？」

「ええ、大丈夫だと思います」ローラは小声でささやいた。

「では行って、あなたのやるべきことをしてください」彼は命令した。

ローラは躊躇した。「あなた——あなたはこんなこと、なさるべきじゃありませんわ」もう一度、訴えた。「しちゃいけないんです。巻きこまれるべきじゃありませんわ」

「さあ、もうその話をするのはよしましょう」スタークウェッダーはきっぱりと言った。「誰にでもその人なりの——さっきは何と呼びましたっけ？——気晴らしの方法がある。あなたはご主人を撃つことで気晴らしをした。今、ぼくはぼくなりに気晴らしをしてるんです。実はひそかな願望を温めていたんですよ、現実生活の中で探偵小説のようなことに出合ったら、自分がどう対処できるか見極めたいという願望をね」スタークウェッダーは安心させるような笑顔を彼女に向けた。「さあ、ぼくの言ったことを実行できますか？」

ローラはうなずいた。「ええ」

「けっこう。おや、あなたは腕時計をつけているんですね。ちょうどいい。何時になってますか？」

ローラが腕時計を見せると、彼は自分の時計をそれにあわせた。「真夜中まであと十分足らずか」と彼は時計を読んだ。「あなたには三分――いや――四分あげましょう。四分で台所に行き、新聞紙をボイラーに放りこみ、二階に行き、服を脱いでガウンに着替え、ミス・ベネットか誰かのところに行く。それができると思いますか、ローラ？」

彼は励ますように微笑みかけた。

ローラはうなずいた。

「では、いいですね」と彼は続けた。「きっかり十二時五分前に、あなたは銃声を聞くことになるでしょう。さあ、行ってください」

ローラはドアに向かいかけたが、不安げな様子で振り返って、彼を見つめた。スタークウェッダーは部屋を横切り、彼女のためにドアを開けた。「ぼくを失望させないでくれますね？」彼はたずねた。

「ええ」ローラは消え入りそうな声で答えた。

「それならいい」

ローラが部屋を出ようとしたとき、スタークウェッダーは、彼女のジャケットがソファの腕木にひっかけたままになっているのに気づいた。彼女を呼び戻し、微笑を向けながらジャケットを渡した。彼女が部屋を出ていくと、彼はドアを閉めた。

五　章

ローラの背後でドアを閉めると、スタークウェッダーは足を止め、頭の中でやるべきことをおさらいしようとした。しばらくして腕時計をのぞき、それから煙草をとりだした。肘掛け椅子のそばのテーブルに移動して、ライターをとりあげたとき、書棚のひとつにローラの写真があることに気づいた。写真立てを手にとり、しげしげと眺め、微笑を浮かべながら元に戻した。それから煙草に火をつけ、ライターをテーブルに置いた。ハンカチーフで肘掛け椅子の腕木と写真立てから指紋をふきとり、さらに椅子を元の場所に戻した。灰皿からローラの煙草をつまみあげ、さらに車椅子のそばのテーブルに近づいていき、自分自身の吸い殻も灰皿からつまんだ。次にデスクに歩み寄り、そこの指紋をふき、ハサミと便箋を元に戻し、吸い取り紙の位置を直した。新聞紙の切れ端が床に落ちていないか、あたりを見回し、デスクのそばにひとつ発見すると、それを丸めてズボンのポケットに入れた。ドアのそばの明かりのスイッチとデスクの椅子から指紋をふきとり、デスクから自分の懐中電灯をとりあげると、両開きドアまで行き、カーテンをわずかに開けた。そして、懐中電灯で外の小道を照らしだす。

「硬すぎて足跡は残らないな」とひとりごちた。懐中電灯を車椅子のかたわらのテーブルに置くと、拳銃をつかんだ。ちゃんと弾を装塡してあることを確認してから、指紋をふきとり、スツールに近づいていき、その上に置く。腕時計にもう一度目をやったのち、アルコーヴの肘掛け椅子に近づいて、帽子とマフラーと手袋を身につけた。コートを腕にかけて、ドアまで歩いていった。明かりのスイッチを消そうとしたとき、ドア枠と把手の指紋をふいていなかったことを思い出した。ふいてから明かりを消し、スツールに戻ってくると、コートを着て、拳銃を手にした。壁のイニシャルめがけて発砲しようとして、それがカーテンで隠されていることに気づいた。

「畜生！」小声で毒づいた。すばやくデスクの椅子をつかみ、それでカーテンを押さえた。スツールのかたわらに戻ると、拳銃を発射し、それから急いで壁に近づいていき、結果を確認した。「悪くない」と自画自賛した。

元の場所にデスクの椅子を戻したとき、廊下からがやがやと人声が聞こえてきた。彼は拳銃を手に持ったまま、あわてて両開きドアから飛び出した。一瞬後、また戻ってきて懐中電灯をひっつかむと、改めて外に飛び出していった。

家のさまざまな場所から、四人の人間が急ぎ足で書斎をめざしていた。リチャード・ウォリックの母親は長身で威圧的な老婦人で、ガウン姿だった。顔色は青ざめ、杖にすがって歩いていた。「どうしたっていうの、ジャン？」彼女はパジャマ姿の十代の少年に声をかけた。少年は一風変わった、きわだって無邪気な牧神めいた顔つきをしていて、老婦人の背中にくっつくようにして踊り場に立っていた。「真夜中だというのに、なぜみんな、歩き回っているのかねえ？」飾り気のないフランネルのガウンをはおった白髪交じりの中年女性が現れると、老婦人は呼びかけた。「ベニー、何があったのか、説明しておくれ」とその女性に命じた。

ローラがすぐ後ろにいたので、ミセス・ウォリックは続けた。「あなたたち、揃いも揃って、正気を失っておしまいなの？　ローラ、何があったというんですか？　ジャン――ジャン――この屋敷で何が起きているのか、誰か説明しておくれでないか？」

「きっとリチャードだよ」と少年は言った。外見は十九歳ぐらいに見えたが、声と物腰はもっと幼い子供のようだった。「また、霧に向かって銃を撃ってたんでしょ」いくぶん不機嫌そうな声で、彼はつけ加えた。「ねえ、言っといてよ、銃を撃って、うるさくして、ぼくらを起こさないでほしいって。ぼくはぐっすり眠ってたんだよ。ベニーもそうだ。そうでしょ、ベニー？　気をつけてね、ローラ、リチャードは危険だから。彼は危険なんだ、ベニー、用心した方がいいよ」

「外は濃い霧よ」とローラが踊り場の窓からのぞきながら言った。「小道さえ見分けがつかないわ。この霧の中で、いったい何が撃てるのかしら。馬鹿げた話ね。でも、たしか、叫び声も聞こえた気がするけど」

ミス・ベネット――ベニー――はいかにも元看護師らしく、機敏できぱきした女性だったが、いくぶん押しつけがましい口のきき方をした。「どうして、そんなに動揺しているのか、さっぱりわかりませんよ、ローラ。いつものように、リチャードが楽しんでいるだけでしょう。でも、銃声なんて、聞こえましたかねえ。何も問題ありませんって。あなたは想像力がたくましすぎるんです。ただ、たしかに、自分勝手な振る舞いですから、ひとこと申し上げておかなくては。リチャード」彼女は書斎に入っていきながら呼びかけた。「いい加減になさってください、リチャード、こんな夜更けに困ります。わたしたち、怯えてるんです――リチャード!」

ガウン姿のローラが、ミス・ベネットに続いて部屋に入っていった。ローラが明かりをつけ、ソファに近づいていくと、ジャン少年もあとを追ってきた。車椅子のリチャード・ウォリックをのぞきこんでいるミス・ベネットに、ジャンは視線を向けた。「どうしたの、ベニー？」ジャンはたずねた。「どうかしたの？」

「リチャードだったんだわ」ミス・ベネットは言ったが、その声は奇妙なほど冷静だった。「自殺したんです」

「見て」ジャン少年が興奮して叫び、テーブルを指さした。「リチャードのリボルバーがなくなってるよ」

外の庭から、人声が呼びかけた。「何かあったんですか？　どうかしましたか？」アルコーヴの小窓からのぞいて、ジャンが叫んだ。「聞いて！　誰か外にいるよ！」

「外？」ミス・ベネットが言った。「誰なの？」彼女が両開きドアに向き直り、カーテンを開けかけたとき、スタークウェッダーがいきなり姿を見せて、切迫した声でたずねた。「ここで何か起きたんですか？　どうしたんです？」彼は車椅子のリチャード・ウォリックに視線を向けた。「この人、死んでますよ！」彼は叫んだ。「撃たれて」疑わしげに部屋を見回して、一人一人の顔をじろじろ眺めた。

「あなたは何者なんです？」ミス・ベネットがたずねた。「どこから来たんですか？」

「ついさっき、車が溝にはまってしまいましてね」とスタークウェッダーは答えた。「何時間も道に迷っていたんです。門を見つけたので、家まで行って助けを求め、電話をお借りしようと思ったんですよ。すると銃声が聞こえて、誰かがガラスドアから飛び出してきて、ぼくにぶつかったんです」拳銃をとりだして、スタークウェッダーはつけ加えた。「そいつはこれを落としていきました」

「その男はどっちに行きましたか？」ミス・ベネットがたずねた。

「この霧の中で、わかるわけがないでしょう？」スタークウェッダーは答えた。

ジャンはリチャードの正面に立ち、わくわくした様子で死体を眺めていた。「誰かがリチャードを撃ったんだ」と少年は叫んだ。

「そのようですね」スタークウェッダーは同意した。「警察に連絡した方がよさそうだ」車椅子のわきのテーブルに拳銃を置き、デキャンターをとりあげると、ブランデーをグラスに注いだ。「この人はどなたなんですか？」

「主人です」とローラは無表情に答えると、ソファまで行って腰をおろした。

いくぶん過剰な懸念をこめて、スタークウェッダーは彼女に言った。「ほら——これをお飲みなさい」ローラは彼を見上げた。「ショックを受けたにちがいない」彼は力をこめてつけ加えた。彼女がグラスを受けとると、他の人々に背中を向けたまま、スタークウェッダーは陰謀者めいた笑いを浮かべ、指紋の問題が解決できたことを彼女に知らせた。それから向きを変えて帽子を肘掛け椅子に投げ、そこでミス・ベネットがウォリックの死体にかがみこもうとしていることに気づき、さっと振り向いた。「いけません、何も触らないでください、マダム」彼は注意した。「どうやらこれは殺人のようです。

だとすると、一切、手を触れてはならないんです」

ミス・ベネットは体を起こして車椅子の死体からあとずさると、唖然とした表情になった。「殺人ですって？」彼女は甲高い声で言った。「殺人のわけがないわ！」

死んだ男の母親であるミセス・ウォリックは、書斎のドアのすぐ内側で立ちすくんでいたが、あわてて近づいてきて問いただした。「何があったんですか？」

「リチャードが撃たれたんだよ！　リチャードが撃たれたんだ！」ジャンが教えた。彼の口調は心配しているというより、むしろはしゃいでいるように聞こえた。

「お黙りなさい、ジャン」ミス・ベネットが命じた。

「さっき、あなたは何とおっしゃったのですか？」ミセス・ウォリックが押し殺した声でたずねた。

「彼は――殺人と言ったんです」ベネットがスタークウェッダーを指し示しながら老夫人に告げた。

「リチャード」ミセス・ウォリックはかすれ声でつぶやいた。かたやジャンは死体をのぞきこんで叫んだ。「見て――見て――胸のところに何かあるよ――紙だ――何か書いてある」彼はそちらに手を伸ばしかけたが、スタークウェッダーの制止で手をひっこめた。「触らないで――何をするつもりか知らないが、触ってはだめだ」それから、声に出して、ゆっくりと読み上げた。『五月——十五日——借りはきっちりとお返しした』」

「なんてことなの！　マグレガーだわ」ミス・ベネットは叫び、ソファの後ろに回った。ローラは立ち上がり、ミセス・ウォリックは眉をひそめた。「つまり」と母親は言った。「——あの男——父親ね——轢かれた子供の？」

「そう、マグレガーだったわ」とローラが自分に言い聞かせるようにつぶやき、肘掛椅子に沈みこんだ。

ジャンは死体に近づいていった。「見てよ——全部、新聞だ——切り抜いたんだよ」彼は興奮して報告した。スタークウェッダーはまたもや少年をひき戻した。「だめだ、触らないで」と命じた。「警察が来るまで、そのままにしておかなくてはならないんだ」彼は電話の方に近づいた。「よろしければぼくが——？」

「いいえ」ミセス・ウォリックがきっぱりと言った。「わたくしがいたします」この場の主導権を握ろうとして勇気を奮い起こすと、老夫人はデスクに歩み寄りダイヤルしはじめた。ジャンは弾んだ足どりでスツールに移動して、その上に膝を折り曲げてすわった。「逃げてった男だけど」と彼はミス・ベネットにたずねた。「どう思う、そいつが——」

「しいっ、ジャン」ミス・ベネットはきつくたしなめ、かたわらではミセス・ウォリックが静かだが威厳のある明晰な声で、しゃべっていた。「警察署ですか？　こちらはスラングレート邸です。ミスター・リチャード・ウォリックの家です。ミスター・ウォリックがたった今発見されたのです――射殺されて」

彼女は電話に向かってしゃべり続けた。その声は低かったが、部屋の全員が耳を澄ましていた。「いいえ、見知らぬ方に発見されたのです」と言うのが聞こえた。「車が家の近くで故障した男性だと存じます……ええ、そう伝えます。宿屋に電話しましょう。こちらの仕事が終わったら、どなたかの車でその方を宿まで連れていっていただけますか？……ありがたいですわ」

集まっている人々に向き直って、ミセス・ウォリックは報告した。「警察は、この霧ですが可能な限り急いでこちらに来るそうです。二台の車でやって来て、一台はただちに、こちらの紳士を」――彼女はスタークウェッダーを手振りで示した――「村の宿までお送りします。今夜はそこに泊まっていただいて、明日、話をうかがわせてほしいと言っていました」

「まあ、車が溝にはまったままでは帰れませんから、ぼくはかまいませんよ」スタークウェッダーは答えた。そう言っているとき、廊下側のドアが開き、中肉中背の四十代半ばとおぼしき黒髪の男性が、ガウンのひもを結びながら部屋に入ってきた。ドアを入ったとたん、彼ははっと足を止めた。「何か問題でも、奥さま?」彼はミセス・ウォリックに問いかけた。それから、老夫人の向こうに目をやり、リチャード・ウォリックの死体を見つけた。「ああ、なんてことだ」彼は叫んだ。

「どうやら、恐ろしい悲劇が起こったようなのです、エンジェル」とミセス・ウォリックは言った。「ミスター・リチャードが撃たれて。警察がこっちに向かっています」スタークウェッダーに、老夫人は言った。「こちらはエンジェルです。リチャードの従僕ですの――でしたの」

従僕はスタークウェッダーに、いささか上の空で会釈した。「ああ、なんてことだろう」彼は繰り返すと、かつての雇い主の死体を食い入るように見つめ続けた。

六章

翌朝十一時、リチャード・ウォリックの書斎は、霧の深い昨夜よりも、多少とも居心地よさそうに見えた。ひとつには、寒いがまばゆく晴れた日で、陽射しがさんさんと降り注ぎ、両開きドアが大きく開け放たれていたからだ。夜のあいだに死体は運び出され、車椅子はアルコーヴに押しやられ、代わりに、部屋の中央部分には肘掛け椅子が置かれていた。小さなテーブルの上はすっかり片づけられ、デキャンターと灰皿だけがのっていた。短い黒髪の二十代のハンサムな青年が、ツイードのスポーツジャケットとネイビーブルーのズボンという姿で、車椅子にすわりこみ、詩集に読みふけっていた。しばらくして、青年は立ち上がった。「美しい」と彼はひとりごとを言った。「適切であり、かつ美しい」彼の声は穏やかで音楽的で、ウェールズ訛りが聞きとれた。

青年は読んでいた本を閉じると、それをアルコーヴの書棚に戻した。それから、一、二分、部屋を見回していたが、開いた両開きドアからテラスに出ていった。それと入れ替わりに、がっちりした体型で、表情の読みとりにくい顔つきの中年男性が、ブリーフケースを手に廊下から書斎に入ってきた。テラスに向いた肘掛け椅子に近づいていき、ブリーフケースを椅子に置くと、両開きドアから外をのぞいた。「キャドワラダー部長刑事!」彼はきつい口調で呼びかけた。

年下の男性は部屋に戻ってきた。「おはようございます、トマス警部」と挨拶してから、歌うように続けた。「『霧と豊潤な実りの季節、成熟の仕上げをする太陽のごく近しい友よ』」

コートのボタンをはずしていた警部は手を止めて、若い部長刑事をつくづく眺めた。「何と言ったんだね?」とたずねたが、その声にはかすかな嘲弄(ちょうろう)の響きがあった。

「キーツですよ(『秋に寄せて』より)」部長刑事は上司に教えたが、いかにも悦に入っている様子だった。警部は非難がましく部下を一瞥したが、あきらめたように肩をすくめ、コートを脱ぐと、それをアルコーヴの車椅子に置いてからブリーフケースのところに戻ってきた。

「こんなにいい天気になるとは、信じられませんよ」とキャドワラダー部長刑事は言葉を続けた。「ゆうべ、ここに来るまでに味わった恐ろしさといったら。あんなひどい霧は何年ぶりかです。『窓ガラスに背中をこすりつける黄色の霧』。これはT・S・エリオットです（『アルフレッド・プルーフロックの恋歌』より）」引用に対して警部の反応を待ったが、何も返事がなかったので、さらにこう続けた。「カーディフの道で、事故があんなに続出したのも不思議じゃないですね」

「もっとひどいことになってたかもしれんな」と、警部は無頓着に応じた。

「そうかもしれませんが」と部長刑事は熱心にしゃべり続けた。「ポースコールでは、悲惨な衝突事故がありました。一人死亡、子供二人が重傷。そして、母親は胸も張り裂けんばかりに、道ばたで泣き叫んでいたんです。『このかわいいお嬢さまは泣き止んで――』（シェイクスピア『ロミオとジュリエット』より）」

警部は部下を遮って「指紋係はもう作業を終えたのか？」とたずねた。

ふいに、目の前の仕事に戻るべきだと気づき、キャドワラダー部長刑事は答えた。

「はい、警部。すべてここに用意させておきました」彼はデスクからフォルダーをとりあげて開いた。警部はデスクの椅子にすわり、フォルダーにはさまれた指紋の最初のページを吟味しはじめた。「指紋をとることについて、屋敷内から文句は出なかったかね？」さりげなく部長刑事に質問した。

「いえ、苦情などは何も」部長刑事は報告した。「きわめて協力的でした――協力したくて、うずうずしていたと言ってもいいでしょう。まあ、それは当然予想されたことですが」

「それはどうかな」警部は反論した。「わたしの経験だと、たいがいの人間はさんざん文句をつけるもんだよ。自分の指紋が犯罪者写真台帳に保管されると考えるらしい」警部は深呼吸して、両腕を伸ばし、指紋を調べ続けた。「さてさて。ミスター・ウォリック——これは故人だな。ミセス・ローラ・ウォリック、彼の妻。老ミセス・ウォリック、これが故人の母親だ。ジャン・ウォリック少年、ミス・ベネット——これは誰かな？アングル？ああ、エンジェルか。なるほど、彼の看護人だね？さらにそれ以外の二組の指紋。さてと——ふうむ。窓の外、デキャンター、ブランデーグラスには、リチャード・ウォリックとエンジェルとミセス・ローラ・ウォリック以外の指紋がついている。さらにライター——とリボルバーにもだ。これは例のマイケル・スタークウェッダーという男のものだろう。彼はローラ・ウォリックにブランデーを与えているし、むろん、庭から拳銃を持ちこんだのは彼だからな」

キャドワラダー部長刑事はゆっくりとうなずいた。「ミスター・スタークウェッダーか」と深い疑念をにじませた声でつぶやいた。

警部は興味をひかれたように質問した。「彼が気に入らないのか？」

「やつはここで何をしていたんです？それをぜひとも知りたいものですね」部長刑事

すか？」

は答えた。「車を溝に落とし、殺人が行われたばかりの屋敷を訪ねてきたって言うんで

警部は椅子の中で向きを変え、若い部下を正面から見た。「ゆうべはわれわれの車ですら、もう少しで溝にはまるところだったじゃないか、殺人現場のこの屋敷に向かう途中で。それに、ここで何をしているかについてだが、彼はずっとここにいるんだ——この付近に——先週から、小さな家かコテージを探していたんだよ」

部長刑事がまだ不満そうな顔をしていると、警部はデスクに向き直り、皮肉っぽくつけ加えた。「どうやら彼にはウェールズ人の祖母がいるらしく、小さい頃、よくこっちで休暇を過ごしたらしい」

とたんに気分を和らげ、部長刑事は譲歩した。「ああ、そうですか、ウェールズ人のおばあさんがいるんなら、話はまた別ですね」右腕をさっと上げて、暗唱した。「『ひとつの道はロンドンに続き、別の道はウェールズに続く。わたしの道はわたしを海に導く、波間に浮かぶ白い帆に』（『道』より）。けしからんほど過小評価されてますが」すばらしい詩人ですよ、ジョン・メイスフィールドは

警部は叱責しようとして口を開きかけたが、思い直し、にやっと笑った。「アバダンからスタークウェッダーについての報告書がもうじき届くだろう」彼は若い部長刑事に

言った。「比較のため、スタークウェッダーの指紋はとったのか？」

「昨夜、彼が泊まった宿屋に、ジョーンズを行かせたんです」キャドワラダーは上司に報告した。「しかし、車を溝から引き上げるために修理工場に出かけたあとでして。ジョーンズは工場に電話して、向こうにいる彼と話しました。警察にできるだけ早く出頭することになっています」

「けっこう。さて、この身元不詳の二組の指紋についてだ。死体のそばのテーブルに残る男のものらしき手の掌紋と、両開きドアのガラスの外側と内側に残る不明瞭な指紋だ」

「きっとマグレガーのものですよ」部長刑事は自信たっぷりに言い、指をパチンと鳴らした。

「まあな。その可能性はある」警部はしぶしぶ認めた。「しかし、リボルバーにはこの指紋がついていなかったんだ。もっとも、リボルバーを使って誰かを殺そうとする人間なら、手袋をはめるだけの知恵が働くと、きみなら考えるだろうね、きっと」

「どうでしょうか」部長刑事は意見を述べた。「このマグレガーのような常軌を逸したやつ、子供の死で錯乱した男は、そんなことを思いつかないかもしれないですよ」

「まあ、まもなく、ノリッジからマグレガーの人相書きが送られてくるだろう」警部は言った。

部長刑事はフットスツールに腰をおろした。「悲しい話ですよね、どこから見ても」と感想を口にした。「妻を亡くしたばかりの男が、さらに、たった一人の息子まで無謀運転のせいで失ってしまうとは」

「もし無謀運転だったとしたら、リチャード・ウォリックは過失致死で有罪判決を受けていたか、少なくとも交通違反を問われていただろう」警部はいらだたしげに部下の言葉を訂正した。「実際には、彼の免許証には違反すら裏書きされていないんだ」彼はブリーフケースに手を伸ばし、凶器をとりだした。

「ときには、とんでもない嘘がまかりとおるものなんです」キャドワラダー部長刑事は憂鬱そうにつぶやいた。「『いやはや、まったく嘘だらけの世の中だ!』。これはシェイクスピアです(『ヘンリー四世』より)」

上司の刑事はただデスクの前から立ち上がり、部下をじろっと見ただけだった。たちまち、部長刑事は我に返って立ち上がった。「テーブルに男の手のひらの跡か」と警部はつぶやきながら、拳銃を手にしたままテーブルに近づいていき、テーブルを見下ろした。「変だな」

「もしかしたら、屋敷に来たお客かもしれませんよ」キャドワラダー部長刑事が意気込んで言った。

「もしかしたらな」と警部は認めた。「しかし、きのう、屋敷には一人も客がなかったとミセス・ウォリックから聞いているんだ。あの従僕――エンジェル――なら、もう少し詳しいことを話してくれるかもしれんな。やつを連れてきてくれないか？」

「はい、警部」キャドワラダーは答えて部屋を出ていった。一人残され、警部は自分の左手をテーブルの上に広げ、目に見えない相手をのぞきこもうとするかのように、椅子の方にかがみこんだ。それから両開きドアまで歩いていき、外に出て、左右に視線を走らせた。両開きドアの鍵を調べ、部屋に戻ったところで、部長刑事がリチャード・ウォリックの従僕、エンジェルを連れて戻ってきた。エンジェルは灰色のアルパカのジャケットに白いシャツ、黒いネクタイ、ストライプのズボンという服装だった。

「ヘンリー・エンジェルかな？」警部はたずねた。

「はい、さようでございます」エンジェルは答えた。

「そちらにすわってもらおうか」警部は言った。

エンジェルはソファの方に移動して腰をおろした。「さてそれでは」と警部は言葉を続けた。「きみはミスター・リチャード・ウォリックの看護人であり従僕だった――どのぐらい前からかな？」

「三年半になりますでしょうか」とエンジェルは答えた。物腰は礼儀正しかったが、視線は落ち着きがなかった。

「仕事は気に入ってたかね？」

「大変に満足しておりました、警部さん」エンジェルは答えた。

「ミスター・ウォリックに仕えるのはどうだったかい？」警部は質問した。

「そうですね、むずかしいお方でございました」

「しかし、利点もあったわけだろう？」

「そのとおりでございます」とエンジェルは認めた。「大変よいお給金をいただいておりました」

「だったら、それで他の不満は帳消しになったかい？」警部はさらに追及した。

「はい。ささやかですが、金を貯めようとしております」

警部は肘掛け椅子にすわり、かたわらのテーブルに拳銃を置いた。「ミスター・ウォリックの屋敷に来る前は、何をしていたんだね？」

「同じような仕事でございます、警部さん。よろしかったら推薦状をお見せいたします」従僕は答えた。「常に満足いただける仕事をしてきた、そう自負しております。ときにはかなり気むずかしいご主人もいらっしゃいました——あるいは患者というべきでしょうか。たとえば、ジェームズ・ウォリストン卿がそうでした。現在は精神科病院に自由意志で入院しておいでです。きわめてむずかしいお人でした」彼はこころもち声を落とした。「麻薬依存です！」

「さもありなん」と警部は言った。「ミスター・ウォリックに関しては、麻薬の問題はなかったんだろうね？」

「ええ、それは。ウォリックさまはもっぱらブランデーをお好みでしたから」

「かなり飲んだんだね？」警部は質問した。

「それはもう、警部さん」とエンジェルは答えた。「深酒をなさいました。ただし、アルコール依存症ではありませんでした、おわかりいただけますでしょうか。アルコールの悪影響は、まったくなかったのでございます」

しばし考えこんでから、警部は質問を発した。「では、リボルバーやら何やらの銃を所有していることや——動物を撃つことについてはどう説明するのかね？」

「ああ、あれはウォリックさまの趣味でございました。心理学の専門用語でいうと補償と言われるものでございまして。つまり、満たされぬ欲求を他のもので慰めていらっしゃったのです。ウォリックさまは若い頃、猛獣狩りのハンターでいらっしゃった、ということです。あちらの寝室には、ちょっとした武器庫がございます」エンジェルは屋敷のどこかの部屋の方に、肩越しにうなずきかけた。「ライフル、ショットガン、空気銃、自動拳銃、リボルバー」

「なるほど」警部は言った。「では、ちょっとここにある拳銃を見てもらえるかな」

エンジェルは立ち上がってテーブルに近づきかけたが、手を伸ばすのをためらった。

「大丈夫だよ」と警部は言った。「触ってもらってもかまわない」

エンジェルは拳銃をおずおずと手にとった。「見覚えがあるかい?」警部はたずねた。

「お答えするのはむずかしいですね」と従僕は言った。「ウォリックさまがお持ちだった銃のようにも見えますが、わたしは武器のことはあまり詳しくないので。ゆうべ、ウォリックさまがテーブルに置いておかれたのがどの銃かは、しかとは申しかねます」

「毎晩、同じ銃を置いていたのでは?」警部は質問した。

「いいえ、とんでもございません。気まぐれなお方でしたから」とエンジェルは言った。

「いつもちがうものをお使いでした」従僕は拳銃を警部に差し出し、警部はそれを受けとった。

「昨夜のような濃い霧のときに拳銃を用意しておいて、どんな役に立ったのかね?」警部は訝(いぶか)しんだ。

「ただの習慣でございますよ」エンジェルは説明した。「いわば、それが癖になっておられたのでしょう」

「なるほど、もう一度、すわってくれたまえ」

エンジェルはまたソファの隅に腰をおろした。警部は銃口を調べてから、質問した。

「最後にミスター・ウォリックを見かけたのはいつだったのかね？」

「昨夜の九時四十五分ぐらいです」エンジェルは言った。「ブランデーとグラスをわきに置いておいでした。それにご自分で選ばれた拳銃も。わたしは毛布を直してさしあげ、おやすみなさいと挨拶いたしました」

「ベッドでは寝なかったのか？」警部はたずねた。

「ええ、そうなんです」従僕は答えた。「少なくとも、一般的な意味では。いつも車椅子でおやすみになられました。朝の六時に、わたしはお茶を運んでまいり、そのあと車椅子を寝室に移動させます。そこには専用のバスルームがございますから、ウォリックさまはお風呂を使われ、髭剃り（ひげそ）などをいたします。それから、たいていご昼食まで眠られるのです。夜は不眠に苦しめられているので、車椅子にすわったままの方を好まれるのだと存じます。とても変わったところのある紳士でございました」

「きみが書斎を出たとき、両開きドアは閉めてあったかね？」

「はい」とエンジェルは答えた。「ゆうべは霧がとても濃く、ウォリックさまは霧が屋敷に流れこんでくるのをお嫌いでしたから」

「なるほど。ドアは閉まっていた。鍵はかかっていたのかね？」

「いいえ。鍵をかけたことは一度もございません」

「では、彼が開けたいと思ったら、ドアを開けられるんだね？」

「ええ、もちろんでございます。車椅子がございますから。ドアまでご自分で車椅子を動かしていき、開けることができます。晴れている場合ですが」

「ふうむ」警部はしばし考えこんでから、質問した。「昨夜、銃声を聞かなかったかな？」

「いいえ」エンジェルは答えた。

警部はソファに近づいていき、エンジェルを見下ろした。「それはかなり驚くべきことなんじゃないかね？」彼はたずねた。

「いいえ、いえ、そうでもございませんよ」という返事だった。「というのも、わたしの部屋はかなり離れているんです。廊下の先で、屋敷の反対側のフェルト張りのドアの向こうにございますので」

「それだと不便じゃないのかね、主人がきみを呼ぼうとしたときに？」

「いいえ、全然」エンジェルは言った。「わたしの部屋で鳴るベルがとりつけてありますから」

「しかし、昨夜はそのベルがまったく鳴らされなかったんだね？」

「ええ、一度も。もし鳴らしておいでしたら、すぐに目が覚めたでしょう。とても大きな音のベルなのです」

トマス警部はソファの腕木の上で体をのりだすと、別の方向からエンジェルに質問を試みようとした。

「きみは――」と辛抱強い抑制された声で言いかけたとき、甲高い電話のベルの邪魔が入った。彼はキャドワラダー部長刑事が電話に出るのを待ったが、部長刑事は目を開いたまま夢を見ているらしく、声には出さずに唇を動かしている。どうやら、詩的な瞑想にふけっているようだった。しばらくして、警部の視線と、電話が鳴っていることによ うやく気づいた。「すみません、詩が浮かびかけていたので」と釈明しながらデスクに歩み寄り、電話に出た。「キャドワラダー部長刑事です」彼は言った。沈黙してから、こうつけ加えた。「ああ、そうです、たしかに」さらに沈黙したのち、警部の方を向いた。「ノリッジの警察からです」

トマス警部はキャドワラダーから受話器を受けとり、デスクの前にすわった。「きみか、エドマンドスン？」と彼はたずねた。「トマスだ……そうだ、そのとおり……ああ……カルガリー、ああ……ふむ……そう、伯母だ、いつ亡くなったんだね？……ほう、ふた月前か……ああ、なるほど……カルガリー、三十四丁目、十八番地」いらだたしげにキャドワラダーを見上げると、手振りで住所をメモするように指示した。「ああ……ああ、そうだったのか？……ああ、ゆっくり言ってくれ」彼はまた意味ありげな目つきで部長刑事を見て、「中肉中背」と繰り返した。「ブルーの目、黒髪に顎髭……じゃあ、きみはあの事件を覚えているんだね……ほう、そうだったのか？……暴力的な男だったのか？……うん……それを送ってもらえるかな？ああ……いや、ありがとう、エドマンドスン。ところで、きみ個人はどう考えているのか、聞かせてくれないか？……うん、うん、発見された事実は承知しているが、きみはどう考えたんだね？……ほう、彼がかい？……これまで一度か二度……ああ、むろん、大目に見るだろうよ……わかった。ありがとう」

警部は受話器を置くと、部長刑事に言った。「さて、マグレガーについて情報が手に入ったよ。話によると、彼の妻が亡くなり、子供をノーフォーク州のノース・ウォルシャムに住んでいる妻の伯母に預けるために、カナダからイギリスに渡ってきたらしいんだ。アラスカに仕事を得たばかりで、子供をいっしょに連れていけなかったからね。どうやら彼は子供の死でひどく動揺して、ウォリックに復讐してやると触れ回っていたらしい。そういう事故のあとでは、不思議でも何でもないな。ともあれ、彼はカナダに戻った。警察では彼の住所を知っていたので、カルガリーに電報を打った。ところで子供を預けるつもりだった伯母は、二カ月前に亡くなったそうだ」警部はいきなりエンジェルの方を向いた。「そのとき、きみはもうウォリック家にいたんだろう、エンジェル？ノース・ウォルシャムでの自動車事故、男の子を轢いた事故だが？」

「はい、たしかに」エンジェルは答えた。「あのことはよく覚えております」

警部はデスクから立ち上がり、従僕に近づいていった。デスクの椅子が空くのを見るや、キャドワラダー部長刑事はすかさず腰をおろした。「何があったんだね？」警部はエンジェルにたずねた。「事故について話してくれたまえ」

「ウォリックさまは幹線道路を走っておいでした。すると、小さな男の子が道ばたの家から飛び出してきたんです」エンジェルは説明した。「いえ、宿屋だったかもしれません。たしか、そうでした。停止することは不可能でした。ウォリックさまはどうすることもできずに、子供を轢いてしまいました」

「かなりスピードを出していたんだね？」警部はたずねた。

「いいえ、ちがいます。その点は取り調べで明らかになりました。ウォリックさまは制限速度内で走っていらしたのです」

「彼がそう主張していたことは知っている」と警部はやり返した。

「それはまちがいなく本当のことなんでございます」エンジェルは言い張った。「ウォーバートン看護師――当時ウォリックさまが雇っていた看護師ですが――彼女も車に乗っていて、そう証言したんです」

警部はソファの方に歩いていった。「彼女はそのとき、たまたま速度計を見たというのかね？」警部は追及した。

「たまたま速度計に目をやったのだと存じますよ」エンジェルは動じる様子もなかった。「時速三、四十キロで走っていたと、彼女は証言しました。ウォリックさまの容疑はすっかり晴れました」

「しかし、少年の父親は納得しなかった？」警部はたずねた。

「おそらく、それも無理からぬことでしょう」とエンジェルは意見を述べた。

「ミスター・ウォリックは酒を飲んでいたのかね？」

エンジェルははぐらかすように答えた。「たしか、シェリーを一杯召し上がっていたと思います」彼とトマス警部の視線がぶつかりあった。すると、警部は両開きドアに歩いていき、ハンカチーフをとりだして鼻をかんだ。「では、とりあえず、これでけっこうだよ」

エンジェルは立ち上がってドアに向かった。ちょっとぐずぐずしていたが、また部屋に戻ってきた。「すみませんが、警部さん」と彼は言った。「ウォリックさまはご自分の銃で撃たれたのでしょうか？」

警部は従僕に向き直った。「それはこれから調べてみなくてはならない」と彼は言った。「誰にしろ、彼を撃った人間はミスター・スタークウェッダーにぶつかったんだ。この人は、車が溝にはまって屋敷に助けを求めにやって来たところだったんだがね。ぶつかった拍子に、男は拳銃を落とした。ミスター・スタークウェッダーはそれを拾った——この拳銃だ」彼はテーブルの上の拳銃を指さした。

「そうですか。ありがとうございます」エンジェルは言って、またドアの方を向いた。

「ところで」と警部は声をかけた。「きのう、屋敷にお客が来たかかな？　とりわけ、夜に？」

エンジェルは一瞬動きを止め、それから警部をそわそわと窺（うかが）った。「わたしが覚えている限りではいらしてません——今のところ」従僕は答えると部屋を出ていき、ドアを閉めた。

トマス警部はデスクに戻った。「わたしに言わせれば」と彼は静かに部長刑事に話しかけた。「あの男は実にいやなやつだね。どこと具体的にあげることはできないが、虫が好かないよ」

「わたしも同じ意見です、その点に関しては」とキャドワラダーは答えた。「信用できる人間じゃないですね。おまけに、あの事故には後ろ暗いところがあるかもしれませんよ」ふいに警部が目の前に立っていることに気づき、彼はすばやく椅子から立ち上がった。警部はキャドワラダーがとっていたメモを手にして、じっくり読みはじめた。「われわれには言わなかったが、エンジェルはゆうべのことで、何か知っているんじゃないかと思うんだ」と警部は言葉を途切らせた。「おい、こいつは何だ？『十一月はたいそう霧が深い。だが十二月にはめったに霧が出ない』。まさかキーツじゃないだろうね？」

「ええ」とキャドワラダー部長刑事は誇らしげだった。「それはキャドワラダー作です」

七章

警部がキャドワラダーのメモを乱暴に突き返したとき、ドアが開いてミス・ベネットが入ってきた。彼女は慎重にドアを閉めた。「警部さん」と彼女は呼びかけた。「ミセス・ウォリックがぜひお目にかかりたいとおっしゃっています。ちょっと動揺なさっているみたいなんです」そこで、あわてて言い添えた。「わたしが言ってるのは、老ミセス・ウォリック、リチャードのお母さまの方です。ご本人はお認めになりませんけど、健康状態があまりよくないようなのです。ですから、どうぞお手柔らかにお願いします。今すぐ、会っていただけますか？」

「ええ、いいですとも」警部は答えた。「お入りになるように言ってください」

ミス・ベネットがドアを開け、手招きすると、ミセス・ウォリックが入ってきた。

「大丈夫ですわ、奥さま」家政婦は励ますと、部屋を出てドアを閉めた。

「おはようございます、奥さん」警部は言った。ミセス・ウォリックは挨拶を返さず、いきなり用件を切り出した。「教えていただきたいんですの、警部さん。捜査は進んでいますか？」

「それを申し上げるには、少々時期尚早ですね、奥さん」彼は答えた。「しかし、できる限りの手を尽くしていますから、ご安心ください」

ミセス・ウォリックはソファに腰をおろすと、杖をソファの腕木に立てかけた。「そのマグレガーという男ですが」と彼女はたずねた。「地元をうろついているのを目撃されているのですか？　誰か彼を見かけた人間がいるのですか？」

「それについては聞き込みをしました」警部は知らせた。「だが今のところ、地元で目撃されたよそ者については情報がありません」

「あの気の毒な男の子」とミセス・ウォリックは続けた。「リチャードが轢いた子のことです。あれで、父親の頭はおかしくなってしまったのだと思いますよ。当時、ひどく逆上して、さんざん脅し文句を並べていたと聞いています。それも当然のことでしょう。でも、二年もたっているんです！　とても信じられませんよ」

「ええ」警部は同意した。「ずいぶん長く待ったようですな」

「でも、彼はスコットランド人ですからね、お忘れにならないで」ミセス・ウォリックは釘をさした。「マグレガー。辛抱強く、頑固な人々です、スコットランド人は」

「たしかに、そうですよ」キャドワラダー部長刑事は自分の立場も忘れて、頭に浮かんだ考えを大声で口にした。「『目的に猛進するスコットランド人ほど、世の中でおもしろい見物はめったにない』(ジェームズ・バリー『女なら(ばだれでも知っている』より)」さらに続けようとしたが、警部に批判的な目でじろっとにらまれたので、黙りこんだ。

「ご子息は、これまでなんらかの脅しを受けたことがありますか？」トマス警部はミセス・ウォリックにたずねた。「脅迫状はどうです？　そのたぐいのものは何か？」

「いいえ、受けとっていないと存じます」と夫人は自信を持って答えた。「そんなことがあったら、リチャードはみんなに言いふらしたでしょう。冗談の種にしたはずです」

「真面目に受けとらなかっただろうとおっしゃるのですか？」警部は推測した。

「リチャードはいつも危険を笑い飛ばしてしまいました」ミセス・ウォリックは言った。息子を誇らしく思っている口ぶりだった。

「事故のあと」と警部は質問を続けた。「ご子息は、子供の父親に賠償金を申し出たのですか？」

「当然ですよ」ミセス・ウォリックは答えた。「リチャードは吝嗇(りんしょく)な人間ではありません。でも、拒絶されたのです。憤然とはねつけられた、と言っていいでしょうね」

「そうでしょうな」と警部はつぶやいた。

「たしか、マグレガーの奥さまは亡くなられていたのです」とミセス・ウォリックは回想した。「息子さんは彼にとってすべてだったのです。悲劇でした、本当に」

「しかし、あなたのご意見では、ご子息の過失ではなかったのでしょう?」警部はたずねた。ミセス・ウォリックが返事をしないと、もう一度質問を繰り返した。「こう申し上げたのですが――ご子息の過失ではなかったのですねと?」

さらにしばらく沈黙してから、彼女は口を開いた。「ご質問は聞こえています」

「では、そう思っていらっしゃらない?」警部は食い下がった。

ミセス・ウォリックはソファの上で向きを変え、ばつが悪そうにクッションをいじった。「リチャードはお酒を飲みすぎるのです」ようやく彼女はそう言った。「そして、もちろん、あの日も飲んでいました」

「シェリーを一杯ですか?」警部が追及した。

「シェリーを一杯ですって!」夫人は繰り返して、苦々しげな笑い声をあげた。「あの子は浴びるように飲んだのです。いつも――深酒をしました。あそこにあるデキャンター――」と彼女は両開きドアのそばにある肘掛け椅子のわきのテーブルにのったデキャンターを身振りで示した。「あれを毎晩いっぱいにしておくんですが、朝には、たいてい空っぽになっています」

警部はスツールにすわり、ミセス・ウォリックに正面から向き合うと、静かにたずねた。「では、ご子息に事故の責任があると考えていらっしゃるんですね？」

「もちろん、あの子に責任があったのですよ。そのことには爪の先ほどの疑いも持っていません」

「しかし、ご子息は無罪放免された」と警部は思い出させた。

ミセス・ウォリックは笑い声をあげた。「息子と車にいっしょに乗っていたあの看護師。ウォーバートンという女でしたかしら？」彼女は軽蔑するように鼻を鳴らした。「あの女は愚かなうえに、リチャードにぞっこんだったのです。彼女の証言とひきかえに、リチャードは相当な額のお金も支払ったと思いますよ」

「実際にそれをご存じなのですか？」警部は鋭くたずねた。

ミセス・ウォリックは、相手に劣らぬ鋭い口調で答えた。「わたくしは何も知りませんよ、ただ、自分なりの結論にたどり着いただけです」

警部はキャドワラダー部長刑事に近づき、部下のメモを手にとった。かたや、ミセス・ウォリックはしゃべり続けていた。「今こうしたことをお話ししているのは、警部さんが真実を求めていらっしゃるからですよ、ちがいますか？　男の子の父親の側に、殺人に足るだけの動機があったかどうか、あなたは確認したがっておいでです。ええ、わたくしの意見では、動機があったと思いますよ。ただ、これだけの時間がたったあとで、というのはねえ――」言葉を途切らせ、老婦人は黙りこんだ。

警部は読んでいたメモから顔を上げた。「ゆうべは何もお聞きになりませんでしたか？」彼はたずねた。

「わたくしはちょっと耳が遠いのですよ」とミセス・ウォリックはすぐに答えた。「他の人たちががやがや騒ぎながら部屋の前を通るまで、何か起きたことも存じませんでした。一階に下りてくると、ジャンが言っていたんです。『リチャードが撃たれた。リチャードが撃たれた』と。最初は――」とミセス・ウォリックは片手で目頭を押さえた。

「最初は何かの冗談かと思いました」

「ジャンはあなたの下の息子さんですか？」警部はたずねた。

「あの子はわたくしの息子ではありません」ミセス・ウォリックは答えた。警部がすばやい一瞥を向けると、彼女は説明を続けた。「何年も前に主人とは離婚したんです。主人は再婚しました。ジャンは元夫が二度目の結婚でもうけた息子です」ひと息つくと、あの子はここに来たんです。当時、リチャードとローラは結婚したばかりでした。ローラはリチャードの腹違いの弟にずっとやさしくしてくれています。まるで姉のような存在と言えるでしょうね、本当に」

彼女が言葉を切ったので、警部はその機会をとらえて、リチャード・ウォリックのことに話を戻そうとした。「なるほど、そうでしたか。ところで、ご子息のリチャードのことですが――」

「息子のことは愛していました、警部さん」とミセス・ウォリックは言った。「でも、あの子の欠点が見えなかったわけではありません。その欠点の大半が、そもそも、下半身麻痺になった事故のせいと言ってもいいのです。息子は誇り高い男で、アウトドアを好みました。半身麻痺の肢体不自由者という人生を余儀なくされたことは、あの子にとって、腹立たしくてならなかったでしょう。ことわざとはちがい、艱難辛苦はあの子を人間として成長させなかったのです」

「ええ、そのようですね」警部は応じた。「結婚生活は幸福だったと思われますか？」

「わたくしにはまったく見当もつきません」ミセス・ウォリックは明らかにその話題に関しては、一切触れるつもりがないようだった。「他にお知りになりたいことは、警部さん？」彼女はたずねた。

「いいえ、けっこうです、ミセス・ウォリック」トマス警部は答えた。「しかし、今度はミス・ベネットと話したいんですが、よろしければ」

ミセス・ウォリックが立ち上がると、キャドワラダー部長刑事がドアを開けにいった。

「ええ、けっこうですとも」彼女は言った。「ミス・ベネット。わたくしたちはベニーと呼んでいます。いちばんあなたのお役に立てると思いますよ。実際的で有能ですから」

「長いあいだ、こちらで働いているのですか？」警部はたずねた。

「ええ、そうです、もう何年も。ジャンが小さいときはベニーが面倒を見ていましたし、その前はリチャードの世話もしてもらっていました。いえ、それどころか、わたくしたち全員が彼女の世話になってますよ。とても忠実な人間です、ベニーは」ドアのかたわらの部長刑事にうなずきかけると、夫人は部屋を出ていった。

八　章

キャドワラダー部長刑事はドアを閉めると、そこに寄りかかり、警部を見た。「では、リチャード・ウォリックは大酒飲みだったってことですね？」彼は言った。「その件についてはさっきも聞かされましたね。しかも、拳銃や空気銃やライフルをどっさり持っている。少々、いかれていたんですよ」

「かもしれない」とトマス警部は簡潔に応じた。

電話が鳴った。部長刑事に出てもらおうとして、警部は意味ありげに部下を見た。しかし、キャドワラダーは自分のメモに没頭していて、電話のベルの音も耳に入らない様子で、肘掛け椅子にゆっくりと歩いていってすわりこんだ。しばらくして、部長刑事の心がどこか別の場所にあること、おまけに、まちがいなく詩作にふけっていることに気づき、警部は嘆息するとデスクに歩み寄り自分で受話器をとりあげた。

「もしもし。ああ、わたしだ……スタークウェッダーがやってきた？　指紋を提供した？……けっこう……うん──いや、彼に待っているように頼んでくれ……ああ、わたしは三十分ほどで戻る……ああ、ちょっと彼に質問したいことがあるんでね……じゃ、よろしく」

会話の終わり頃にミス・ベネットが部屋に入ってきて、ドアのかたわらに立った。彼女に気づくと、キャドワラダー部長刑事は肘掛け椅子から立ち上がり、その背後に立った。「何か？」ミス・ベネットは問いかけるように言うと、警部に話しかけた。「質問をなさりたいんですか？ 今朝は仕事がどっさりあるんですけど」

「ああ、ミス・ベネット」警部は言った。「ノーフォークで子供を撥ねた事故について、あなたのご説明を聞きたいんです」

「マグレガーの子供ですか？」

「ええ、マグレガーの子供です。ゆうべ、彼の名前をすぐに思い出されたと聞いてますが」

ミス・ベネットは後ろを振り向いてドアを閉めた。「ええ」と認めた。「人の名前を覚えるのがとても得意なのです」

「それに、当然」と警部は続けた。「あの出来事は強烈な印象を残したでしょうからな。しかし、あなたご自身は車に乗っていなかったんでしょう？」

ミス・ベネットはソファに腰をおろした。「ええ、そうです、わたしは乗っていませんでした」と警部に言った。「あの当時、ミスター・ウォリックが雇っていた看護師が同乗していたんです。ウォーバートン看護師という人です」

「あなたは検死審問に行きましたか？」警部はたずねた。

「いいえ」と彼女は答えた。「でも、リチャードが戻ってきて、みんなに詳しく報告してくれました。男の子の父親に脅された、仕返ししてやると言われたそうです。もちろん、わたしたちはさほど本気にしませんでした」

トマス警部は彼女に近づいた。「事故について、格別な印象をお持ちですか？」

「何をおっしゃりたいのか、わかりかねますが」

警部はミス・ベネットをしばらく無言で見つめてから、こう言った。「ミスター・ウォリックが酒を飲んでいたせいで、あの事故が起きたとお考えか、という意味です」

彼女は否定するように手を振った。「ああ、奥さまがそうおっしゃったんですね」とうんざりしたように言った。「奥さまの言うことを何でも鵜呑みになさらないことです。飲酒に対して偏見を抱いていますから。奥さまのご主人――リチャードのお父さま――も大酒飲みだったのです」

「それでは、こうお考えなのですかな」と警部は要点をまとめた。「リチャード・ウォリックの説明は本当である、彼はたしかに制限速度内で走っていた、事故は避けがたいものだったと?」

「それが真実じゃないという理由は見当たりませんけど」ミス・ベネットは言い張った。「ウォーバートン看護師も、彼の証言を裏づけていますよ」

「すると、看護師の言葉は信用できると?」

そうした疑問は自分の職業への中傷と受け止めたらしく、ミス・ベネットは語気を強めた。「当然ですよ。普通、嘘を言ったりなんてしないでしょう、そういう重要なことについては。ちがいます?」

さっきから質問に耳を傾けていたキャドワラダー部長刑事が、いきなり割り込んだ。「ええ、そうでしょうとも、たしかに!」彼は叫んだ。「そういう連中の話しぶりときたら、制限速度内で走っていたどころか、車をバックさせたと言わんばかりですからね!」

この新しい邪魔にいらだち、警部はゆっくりと頭を巡らし、部長刑事をじっと見た。ミス・ベネットもいささか虚をつかれて、青年を見つめた。恥ずかしそうにキャドワラダー部長刑事が自分のメモに視線を落としたので、警部はあらためてミス・ベネットの方を向いた。「わたしが申し上げたいのはこういうことです」と彼は説明した。「事件直後の悲嘆と苦しみの中で、息子の命を奪った事故の復讐をしてやると脅すのは、無理からぬことでしょう。しかし、もしも今うかがったような状況だとしたら、冷静に考えれば、事故がリチャード・ウォリックの過失ではないことは、マグレガーにもはっきりと認識できたはずです」

「なるほど」ミス・ベネットは言った。「ええ、おっしゃることはわかります」

警部は部屋をゆっくりと歩き回りながら言葉を続けた。「反対に、車が蛇行運転をしていて、スピードを出していたら――車がいわば、制御不能だったとしたら――」

「ローラがそう言ったんですか？」ミス・ベネットが口をはさんだ。

警部はくるりと振り向いて彼女を見つめたが、殺された男の妻が持ち出したことに意表をつかれていた。「どうして彼女が言ったとお考えになったのかな？」彼はたずねた。

「わかりません」ミス・ベネットは答えた。「ただ、ふと浮かんだんです」困惑したように、腕時計を眺めた。「もうよろしいかしら？」彼女はたずねた。「今朝はとても忙しいので」ドアに歩いていき、部屋から出ようとしたとき、警部は声をかけた。「次はジャン少年に話を聞きたいんです、よろしければ」

ミス・ベネットはドアのところで振り向いた。「ああ、あの子は今朝、ちょっと興奮してましてね」といくぶん好戦的な口調で言った。「できたらあの子と話すのは——あれこれ詮索するのはやめていただければ、とてもうれしいんですけど。さっき落ち着かせたばかりですから」

「すみませんが、どうしてもいくつか質問をしなくてはならないんですよ」警部は譲らなかった。

ミス・ベネットはドアをきっちり閉めると、部屋に戻ってきた。「そのマグレガーという男をさっさと見つけて、彼に質問したらいかがですか？　それほど遠くに行っていないはずですよ」

「いずれ見つけますよ。ご心配なく」警部は請け合った。

「それを祈ってます」ミス・ベネットはやり返した。「復讐とはね！　きっと、クリスチャンじゃないんだわ」

「むろん、そうでしょうね」と警部は同意し、意味深長につけ加えた。「とりわけ事故はミスター・ウォリックの過失ではなく、避けられないものだったのですから」

ミス・ベネットは警部をきっとにらみつけた。ひと呼吸置いてから、警部は繰り返した。「ジャンと話したいのですがね、お願いします」

「彼が見つかるかどうか、わかりませんよ」ミス・ベネットは言った。「出かけてるかもしれません」彼女は足早に部屋を出ていった。警部がキャドワラダー部長刑事を見て、ドアに向かってあごをしゃくると、部長刑事は彼女のあとを追っていった。廊下で、ミス・ベネットはキャドワラダーに警告した。「彼を怖がらせないでください」彼女はまた部屋に戻ってきた。「あの子を不安にさせるような真似をしないでくださいよ」彼女は警部に念を押した。「あの子はちょっとしたことですぐ――取り乱してしまうんです。興奮して、怒りっぽくなります」

警部はしばらく無言で彼女を見つめていたが、やがて質問した。「暴力的になることは？」

「いえ、もちろんありません。とてもやさしい、いい子です、おとなしくて。素直です、本当に。ただ、あなたが彼を動揺させるかもしれない、と心配しているだけです。子供にとってはよくないことです、殺人のような出来事はね。ともかく、あの子には。まだ、ほんの子供なんですから」

警部はデスクの前の椅子にすわった。「ご心配は無用です、ミス・ベネット、お約束しますよ」彼は言った。「ご事情は十分に理解していますから」

九章

ちょうどそのとき、キャドワラダー部長刑事がジャンを連れて入ってきた。ジャンは警部のところにすっ飛んでいった。「ぼくに用なの？」彼は興奮して叫んだ。「もうあいつをつかまえた？　服には血がついていた？」

「さあ、ジャン」とミス・ベネットがたしなめた。「お行儀よくしなくてはだめよ。この紳士が質問したことにだけ答えなさい」

ジャンはうれしげにミス・ベネットを振り返ってから、また警部の方を向いた。「うん、わかった、そうするよ」彼は約束した。「だけど、ぼくは何も訊いちゃいけないの？」

「もちろん、質問してもかまわないよ」と警部は親切に言った。

ミス・ベネットはソファにすわった。「ジャンと話しているあいだ、こちらで待っています」彼女は言った。

警部はすばやく立ち上がり、ドアまで歩いていくと、促すように開けた。「いや、けっこうです、ミス・ベネット」彼は断固たる口調で告げた。「あなたに同席していただく必要はありません。それに、今朝はとてもお忙しいんじゃなかったんですか？」

「できたらここにいたいんです」彼女は主張した。

「すみません」警部の声は厳しかった。「一度にお一人ずつと話すことにしていますのでね」

ミス・ベネットはまず警部を、それからキャドワラダー部長刑事を見た。そして負けたことを悟り、いらだたしげに鼻を鳴らすと、部屋を出ていった。警部はすぐにドアを閉めた。部長刑事はアルコーヴに移動してメモをとる用意をし、トマス警部はソファにすわった。「きみはおそらく」と彼は愛想よくジャンに話しかけた。「これまで身近で殺人が起きたことなぞ、なかったんだろうね？」

「うんうん、初めてだよ」ジャンは意気込んで答えた。「とってもわくわくするよね？」彼はフットスツールに膝を折ってすわった。「手がかりは見つけたの――指紋とか血痕とかは？」

「ずいぶんと血に興味があるみたいだね」と警部は親しげに笑いかけた。

「うん、そうなんだ」とジャンは静かだが真剣な声で答えた。「ぼく、血が好きなんだよ。きれいな色をしてるでしょ？　あのすてきな混じりっけなしの赤い色」ソファに移動してくると、神経質な笑い声をあげた。「リチャードはいろんなものを撃つんだ、そうするとね、みんな、血を流すんだよ。すっごくおかしいよね？　だってさ、いつもいろんなものを撃ってたリチャードなのに、自分が撃たれちゃうなんてさ。おかしいと思わない？」

警部は低い声で、いささかそっけなく答えた。「それなりにユーモラスな部分もあるんだろうね」彼は言葉を切った。「きみのお兄さんが――腹違いのお兄さんってことだが――亡くなって、とてもショックだったかい？」

「ショック？」ジャンはびっくりしたようだった。「あのリチャードが死んだせいで？　ねえ、どうしてショックを受けるの？」

「ああ、たぶん、きみは――お兄さんをとても好きだったんじゃないかと思ったんだよ」警部は言った。

「好きだって！」ジャンは仰天したように叫んだ。「リチャードを好き？　ああ、まさかね、リチャードを好きな人なんて誰もいないよ」

「だが、奥さんは彼が好きなんじゃないかな」と警部は言い張った。

驚愕の表情がジャンの顔をよぎった。「ローラが？」彼は叫んだ。「きっと、そんなことないと思うな。ローラはいつもぼくの味方だったもの」

「きみの味方？」警部はたずねた。「どういう意味なのかな、正確に言うと？」

ジャンはふいに怯えた表情になった。「だから、味方なんだってば」と叫ぶように早口でまくしたてた。「リチャードがぼくを送りこみたがったときにね」

「送りこむって？」警部はやさしく先を促した。

「よくある施設にだよ」少年は説明した。「ほら、そういうところに送られると、閉じこめられて外に出られないんだ。ローラが面会に来てくれるさ、ときどきはな、ってリチャードは言ってた」ジャンはかすかに首を振り、立ち上がると警部からあとずさって、キャドワラダー部長刑事の方に視線を向けた。「ぼく、閉じこめられたくないんだ」彼の声はいくぶん震えを帯びていた。「閉じこめられるのは、絶対いやなんだ」

彼は両開きドアのそばに立ち、テラスの外に目を向けた。「開けたままにするのが好きなんだよ、いっつも」二人の刑事に訴えた。「ぼくの部屋の窓は開けっぱなしだし、ドアもそうだよ、絶対に外に出られるって安心できるように」ジャンは部屋の中に視線を戻した。「だけど、今は誰もぼくを閉じこめられないよね、そうでしょ？」

「ああ、そうだね」警部は安心させた。「そんなことはしないと思うよ」

「だって、リチャードが死んじゃったからね」ジャンはつけ加えた。一瞬、得意そうなロぶりになった。

警部は立ち上がるとソファを回りこんだ。「すると、リチャードはきみを閉じこめたがっていたんだね？」

「ぼくをからかおうとして言ってるだけよ、ってローラは安心させようとしたけど」とジャンは言った。「それだけのことだから、気にしないでいい、って。ローラがここにいる限り、ぼくが閉じこめられずにすむようにしてあげる、って言ってくれたんだ」ジャンは肘掛け椅子の腕木に腰をおろした。「ぼく、ローラが大好きなんだ」いくぶんうわずった声で言葉を続けた。「ローラのことはとっても愛してる。いっしょにいるとすごく楽しいんだよ。蝶々や鳥の卵を探したり、二人でゲームをしたりしてさ。ベジークっていうトランプのゲーム。知ってる？　おもしろいんだよ。それから、すかんぴんゲームとか。ああ、ローラといっしょに遊ぶのは、とってもおもしろいんだ」

警部は部屋を突っ切って、椅子のもう片方の腕木に寄りかかった。こうたずねたとき、その声は気遣いにあふれていた。「たぶん、ノーフォークで暮らしていたときに起きた事故のことは、何も覚えていないだろうね？　小さな男の子が撥ねられた事故だけど」

「ううん、そんなことない、ちゃんと覚えてるよ」ジャンはひどくうきうきと答えた。「リチャードが検死審問に行ったんでしょ」

「ああ、そのとおりだよ。他には何を覚えているかな？」警部は少年を励まして思い出させようとした。

「その日、お昼にサーモンを食べたよ」ジャンはすぐに答えた。「リチャードとウォービーはいっしょに帰ってきた。ウォービーはちょっといらいらしてたけど、リチャードはげらげら笑っていた」

「ウォービー？」警部は質問した。「それはウォーバートン看護師のことかい？」

「うん、そうだよ。ぼく、あの人のことはあんまり好きじゃなかった。だけど、リチャードはその日、ウォービーのことをほめちぎって、何度も言ってた、『実に見事な演技だった、ウォービー』って」

ドアがいきなり開き、ローラ・ウォリックが現れた。キャドワラダー部長刑事は彼女の方へ歩いていき、ジャンは呼びかけた。「やあ、ローラ」

「お邪魔かしら？」ローラは警部にたずねた。

「いや、そんなことありませんよ、ミセス・ウォリック」警部は答えた。「どうぞおすわりになりませんか？」

ローラが部屋の奥に進んでいくと、部長刑事はドアを閉めた。「あの――ジャンは――？」ローラは言いかけて口をつぐんだ。

「ちょっと質問をしていたんです」と警部が説明した。「ノーフォークでの事故について、何か覚えていないかと思いましてね。マグレガーの男の子の件です」

ローラはソファの端に腰をおろした。「覚えてるの、ジャン？」彼女は少年にたずねた。

「もちろん、覚えてるよ」ジャンは得意そうに答えた。「ぜーんぶ、覚えてる」彼は警部に顔を向けた。「話したでしょ、ね？」

警部はすぐに返事をしなかった。代わりに、ゆっくりとソファに近づいていき、ローラ・ウォリックに向かって話しかけた。「あなたは事故について、何をご存じですか、ミセス・ウォリック？　その日、昼食の席で話題になりましたか、ご主人が検死審問から戻っていらしたときに？」

「覚えていません」ローラは間髪を容れずに答えた。

ジャンがすばやく立ち上がり、ローラのそばに近づいていった。「ほら、覚えてるはずだよ、ローラ、絶対に」彼は思い出させようとした。「世の中でガキが一人減ったってどうってことないってリチャードが言ったこと、覚えてない？」

ローラは立ち上がった。「お願いですから――」彼女は警部に懇願した。

「いや、問題ありませんよ、ミセス・ウォリック」トマス警部は穏やかに受け流した。

「重要なことなのです、事故の真相を知ることはね。結局のところ、昨夜ここで起きた事件の動機になっているかもしれないのですから」

「ええ、そうですね」彼女は嘆息した。「わかってます。わかってますわ」

「あなたのお義母さまによれば」と警部は続けた。「ご主人はその日、酒を飲んでいたそうですね」

「たぶんそうだと思います」ローラは認めた。「それは――別に意外ではありませんでした」

警部はソファに近づき、反対側の端に腰をおろした。「この男、マグレガーを実際に見かけたり、会ったりしたことはありますか？」

「いいえ」ローラは言った。「わたしは検死審問に行きませんでした」

「彼は復讐心に燃えていたらしいですな」と警部は言った。

ローラは悲しげな微笑を浮かべた。「きっと我を忘れてしまったのでしょうね」彼女は同意した。

ジャンはさきほどから興奮を募らせていたが、二人に近づいてきた。「ぼくに敵がいたら」と挑戦するように断言した。「ぼくだってそうするよ。長いあいだ待っていて、暗闇の中、拳銃を持ってこっそり忍び寄っていく。それから――」彼は想像上の拳銃を肘掛け椅子めがけて発射した。「バン、バン、バン」

「静かになさい、ジャン」ローラが厳しい声で命じた。

ジャンはふいにあわてた顔になった。「ぼくのこと、怒ったの、ローラ？」彼は子供のようにたずねた。

「いいえ、ダーリン」ローラはなだめた。「怒ってなんていないわ。でも、あまり興奮しないようにしてね」

「ぼく、興奮なんてしてないよ」ジャンは言い張った。

十章

ミス・ベネットは玄関ホールを突っ切り、いっしょに玄関口に到着したらしいスタークウェッダーと巡査を中に招き入れた。

「おはようございます、ミス・ベネット」とスタークウェッダーは挨拶した。「トマス警部にお目にかかりにうかがったんです」

ミス・ベネットはうなずいた。「おはようございます——あら、おはようございます、おまわりさん。お二人とも書斎にいますよ——何が起きているのか存じませんけど」

「おはようございます」巡査は挨拶を返した。「これを警部に届けにあがったんです。たぶん、キャドワラダー部長刑事に受けとっていただけると思いますが」

「何ですの？」ローラが外の人声を聞きつけて、たずねた。

警部は立ち上がってドアまで行った。「どうやら、ミスター・スタークウェッダーが戻ってきたらしい」

っていった。スタークウェッダーが部屋に入ってくると、キャドワラダー部長刑事は廊下に出ていって、巡査の相手をした。そのあいだ、ジャンは肘掛け椅子にすわりこみ、熱心にやりとりを見守っていた。

「言っときますがね」とスタークウェッダーは声高に切り出した。「警察署で一日じゅううぐずぐずしているわけにいかないんですよ。指紋も提供したんで、ぜひともこっちに連れてきてもらいたい、と頼んだんです。いろいろやることがあるんでね。今日は不動産屋との約束がふたつ入ってるんです」彼はふいにローラに気づいた。「ああ――おはようございます、ミセス・ウォリック」彼は挨拶した。「ゆうべのことは心からお悔やみ申し上げます」

「おはようございます」ローラはぼんやりと返事をした。

警部は肘掛け椅子のそばのテーブルに近づいてきた。「ゆうべのことですがね、ミスター・スタークウェッダー」と彼はたずねた。「たまたまこのテーブルに手をつき、その後、そこの両開きドアを押し開けましたか？」

スタークウェッダーは警部の隣に立った。「わかりません」と打ち明けた。「したかもしれない。それが重要なことですか？　思い出せないんですが」

キャドワラダー部長刑事がファイルを手に、部屋に戻ってきた。ドアを閉めると、彼は警部に歩み寄った。「こちらがミスター・スタークウェッダーの指紋です、警部」彼は報告した。「巡査が持ってきてくれました。それから、線条痕の鑑定結果です」

「ああ、見せてくれ」警部は言った。「リチャード・ウォリックを殺害した銃弾は、あきらかにこの拳銃から発射されている。さて、指紋の方はすぐにはっきりするだろう」

警部はデスクについて、書類を読みはじめた。部長刑事はアルコーヴにしりぞいた。

しばらくして、さっきからスタークウェッダーをじろじろ見つめていたジャンが、質問した。「アバダンから戻ってきたばっかりなんでしょ？　あっちはどんなだった？」

「暑かったよ」スタークウェッダーはそれだけ答えると、ローラの方を向いた。「調子はいかがですか、ミセス・ウォリック？」彼はたずねた。「少し気分がよくなられましたか？」

「ええ、ありがとうございます」ローラは答えた。「どうにか、ショックは乗り越えました」

「それはよかった」スタークウェッダーは言った。

警部は立ち上がり、ソファのそばのスタークウェッダーに近づいてきた。「あなたの指紋は」と報告した。「両開きドア、デキャンター、グラスとライターについています。テーブルの指紋はあなたのものではなかった。それはまったく身元不詳の指紋です」彼は部屋を見回した。「すると、こういうことになる」と彼は続けた。「ゆうべ、ここには訪問者はなかったから——」そこで言葉を切り、ローラを見た——「ですね？」

「ええ」ローラは言った。

「では、それはマグレガーの指紋にちがいない」と警部は言った。

「マグレガーの？」スタークウェッダーは問い返して、ローラを見た。

「驚いてるようですな」と警部は言った。

「ええ——たしかに、かなり」スタークウェッダーは認めた。「つまり、てっきり彼は手袋をしていると思ったものですから」

警部はうなずいた。「おっしゃるとおりです。リボルバーは手袋をして扱っていました」

「口論か何かがあったんですか？」とスタークウェッダーはローラ・ウォリックに向かって質問した。「それとも、ただ銃声だけが聞こえたのですか？」

ローラは必死になって言葉を見つけようとした。「わたし——わたしたちは——ベニーとわたしはということですけど——銃声だけを聞きました。でも、上にいたのでは、人の声など聞こえなくてもおかしくないでしょうけど」

キャドワラダー部長刑事はアルコーヴの小窓から庭をじっと見つめていた。すると何者かが芝生を歩いてくるのを発見して、両開きドアの片側に近づいた。部屋に入ってきたのは、三十代半ばのハンサムで上背があり金髪でブルーの瞳をした、軍人らしい物腰の男性だった。彼は入り口で足を止めたが、その顔には深い憂慮が刻まれていた。部屋にいる誰よりも早く、ジャンが彼に気づき、興奮して金切り声をあげた。「ジュリアン！ ジュリアン！」

新参者はジャンをちらと見て、それからローラ・ウォリックに視線を移した。「ローラ！」彼は呼びかけた。「たった今、聞いたんだ。なんと言ったらいいか——心からお悔やみ申し上げるよ」

「おはようございます、ファラー少佐」トマス警部が挨拶した。

ジュリアン・ファラーは警部の方を向いた。「思いもかけない事件でした」と彼は言った。「気の毒なリチャード」

「車椅子の中で倒れていたんだよ」ジャンが張り切ってファラーに教えた。「体を丸めてね。それに胸に紙切れがあったんだ。何て書いてあったかわかる？『借りはきっちりとお返しした』」

「ほう。そうか、そうか、ジャン」ジュリアン・ファラーはつぶやきながら、少年の肩を軽くたたいた。

「どきどきするよね？」ジャンは言いながら、上気した顔でジュリアンを見上げた。

ファラーは少年のわきを通り抜けながら「うん。たしかに驚くべきことだよ」と同意すると、スタークウェッダーに問いかけるような視線を向けた。

警部は二人の男を紹介しあった。「こちらはミスター・スタークウェッダー——こちらはファラー少佐、新しく下院議員になるかもしれない方です。補欠選挙に立候補しておられるのでね」

スタークウェッダーとジュリアン・ファラーは握手をして、礼儀正しく「はじめまして」と挨拶しあった。警部はその場から離れ、部長刑事を手招きした。二人が打ち合わせをしているあいだに、スタークウェッダーはファラー少佐に説明をした。「車を溝に落としてしまいましてね、それで電話をお借りし、手を貸していただけないかと思って、こちらの屋敷にやって来たんです。そうしたら、一人の男が屋敷から飛び出してきて、もう少しで突き倒されそうになりました」

「しかし、その男はどっちに行ったんです？」ファラーは質問した。

「見当もつきません」スタークウェッダーは答えた。「手品のように霧の中に姿を消してしまったので」と視線をそらした。すると、肘掛け椅子に膝を折り曲げてすわっていたジャンが、ファラーに期待のこもったまなざしを向けながら言った。「いつか誰かに撃ち殺されるぞ、ってリチャードに言ったことあったよね、そうでしょ？」
沈黙が広がった。部屋の全員がジュリアン・ファラーを見つめていた。
ファラーはしばらく考えこんでいた。やがて「そうだったかい？　覚えていないな」
とぶっきらぼうに言った。
「うん、言ったよ、絶対に」ジャンは主張した。「ディナーのときに。ほら、あなたと
リチャードが口論になって、こう言ったじゃない、『いつかそのうち、誰かに頭に弾を
撃ちこまれるぞ、リチャード』って」
「見事な予言ですね」と警部が意見を述べた。
ジュリアン・ファラーはフットスツールの端に腰をおろした。「ええ、そうですね」
と彼は言った。「リチャードの拳銃のことは、きわめて評判が芳しくなかったですから
ね。みんな、いやがっていたのです。ほら、あの男——覚えているだろ、ローラ？　庭
師のグリフィス。そう——リチャードがクビにした男だ。グリフィスははっきりとわた
しに言ってたよ——それも一度ならずね——『いつか見てろよ、拳銃を持って乗りこん
で、ミスター・ウォリックを撃ってやる』って」
「まあ、グリフィスはそんなことをする人間じゃありませんわ」ローラはあわてて叫ん
だ。

ファラーはしまった、という顔つきになった。「いやいや、むろんそうだよ」と彼は弁解した。「そういう――つもりで言ったんじゃないんだ。ただ、そういうことが――ようするに――リチャードの場合、たびたび口にされていたってことですよ」

気まずさを隠そうとして、彼は煙草ケースをとりだし、一本抜きだした。

警部はデスクについたまま、考えこんでいるようだった。スタークウェッダーはアルコーヴの隅に立ち、そのすぐそばにいるジャンは、スタークウェッダーを興味深げに眺めていた。

「昨夜、ここに来ればよかったと思います」とジュリアン・ファラーが誰にともなく言った。「そうしていればよかった」

「でも、あのひどい霧ですものね」ローラが静かに言った。「あれでは外に出られなかったわ」

「そうだね」とファラーは答えた。「委員会のメンバーを夕食に呼んでいたんだ。霧が濃くなるのを見て、みんな、早々にひきあげてしまった。それで、あなたに会いにこようかと思ったんだが、考え直した」ポケットを探りながら、彼は言った。「どなたかマッチをお持ちじゃないですか？　ライターをどこかに置き忘れたようだ」

彼はあたりを見回し、ふと、テーブルの上にライターを発見した。それは前夜、ローラがそこに置いたものだった。ファラーはスタークウェッダーに注視されながら、立ち上がって、それをとりにいった。「おや、ここにあったのか」とファラーは言った。

「忘れた場所を思い出せないはずだ」

「ジュリアン――」ローラが言いかけた。

「え？」ファラーは彼女に煙草を差し出し、ローラは一本とった。「今回の件は心から気の毒に思うよ、ローラ」彼は言った。「何かわたしにできることがあれば――」彼の言葉は尻切れトンボになった。

「そうね。ええ、わかってるわ」ローラは、ファラーに煙草の火をつけてもらいながら答えた。

ジャジが唐突に口を開き、スタークウェッダーに話しかけた。「銃を撃てる、ミスター・スタークウェッダー？」彼は質問した。「ぼくは撃てるよ、ほんとに。リチャードが撃たせてくれたんだ、ときどきだけど。もちろん、彼ほど上手じゃないけどね」

「そうだったのかい？」スタークウェッダーはジャンの方を向いた。「どんな銃を使わせてもらったの？」

ジャンがスタークウェッダーの注意をひいたので、ローラはその機会に乗じてすばやくジュリアン・ファラーに話しかけた。

「ジュリアン、わたし、話さなくてはならないことがあるの。どうしても」彼女は小声でささやきかけた。

ファラーの声もやはり低かった。「用心して」と彼は警告した。

「二二口径だったよ」ジャンはスタークウェッダーにしゃべっていた。「ぼく、射撃がすごく得意なんだよ、そうでしょ、ジュリアン？」彼はジュリアン・ファラーに近づいていった。「お祭りに連れていってくれたときのこと、覚えてる？　ぼく、びんを二本、撃ち落としたよね？」

「たしかに、そうだった」とファラーは言った。「きみは目がいいからな、それは重要なことだ。クリケット向きの目でもある。あれはすごくわくわくするゲームだったね、去年の夏、われわれがやった試合は」と彼はつけ加えた。

ジャンはうれしそうにファラーに笑いかけ、それからフットスツールにすわると、デスクで書類を調べている警部の方に目をやった。一瞬、しんとなった。するとスタークウェッダーが煙草をとりだし、ローラにたずねた。「煙草を吸ってもかまいませんか？」

「もちろんですわ」ローラは言った。

スタークウェッダーはジュリアン・ファラーの方を向いた。「あなたのライターをお借りできますかな？」

「いいですとも」とファラー。「さあ、どうぞ」

「ほお、いいライターですね、これは」スタークウェッダーはほめながら、煙草に火をつけた。

ローラは唐突に身動きして、はっと自分を抑えた。「ええ」とファラーは無頓着に答えた。「たいていのものより、使いやすい」

「というか――独特ですね」スタークウェッダーは意見を言った。彼はちらりとローラに視線を投げてから、礼の言葉をつぶやいてライターをジュリアン・ファラーに返した。

ジャンはフットスツールからおりて、警部の椅子の背後に立った。「リチャードはたっくさん、銃を持っていたんだよ」と彼は打ち明けた。「空気銃もね。それに、アフリカで象を撃つのに使った銃も持ってたんだ。そういうのを見たい？　その先のリチャードの寝室にしまってあるんだ」彼は指さした。

「いいとも」と警部は立ち上がった。「きみがわれわれに見せてくれるかな」とジャンににっこり笑いかけると、やさしくつけ加えた。「ねえ、きみは実に役に立つね。おかげで、おおいに助かってるよ。ぜひとも警察に入ってもらいたいぐらいだ」

少年の肩に片手を置き、ドアの方に向かうと、部長刑事がドアを開けた。「これ以上、お引き留めしませんよ、ミスター・スタークウェッダー」警部はドアから声をかけた。

「もう、用事を片づけにいかれてけっこうです。いつでも連絡がとれるようにしておいてくだされば、それでかまいません」

「わかりました」スタークウェッダーが答えると、ジャンと警部と部長刑事は部屋を出ていき、部長刑事がドアを閉めた。

十一章

刑事たちがジャンといっしょに部屋を出ていくと、ぎこちない沈黙が広がった。やがてスタークウェッダーが言った。「さて、そろそろ溝から車をひきあげたかどうか、確認しにいった方がよさそうだな。さっき、ここに来たときは、現場を通らなかったようなのでね」

「そうなんです」ローラは説明した。「私道には、別の道から入るようになってますから」

「ああ、なるほど」スタークウェッダーは答えて、両開きドアに近づいた。そこで振返った。「昼間の光だと、すっかりちがって見えるものだ」そう感想を口にすると、テラスに出ていった。

彼がいなくなるなり、ローラとジュリアン・ファラーは顔を見合わせた。「ジュリアン！」ローラが悲痛な声を出した。「あのライター！　わたしのものだって、言っておいたのよ」

「きみのものだと言った？　警部に？」ファラーはたずねた。

「いいえ。彼によ」

「彼って――あの男にか――」ファラーは言いかけて、口を閉じた。二人とも、スタークウェッダーが窓の外のテラスを歩いていることに気づいたのだ。「ローラ――」あらためてファラーは言いかけた。

「用心して」ローラはアルコーヴの小窓に近づき、外をのぞいた。「わたしたちの話に聞き耳を立てているかもしれないわ」

「あいつは何者なんだ？」ファラーがたずねた。「知り合いなのか？」

ローラは部屋の真ん中に戻ってきた。「いいえ。全然、知らない人よ。彼は――車が厄介なことになって、ゆうべ、ここに来たの。ちょうどあのあと――」

ジュリアン・ファラーはソファの背に置かれた彼女の手に自分の手を重ねた。「大丈夫だよ、ローラ。わたしにできることは何でもするから」

「ジュリアン――指紋が」ローラはあえぐように言った。

「どの指紋？」

「テーブルの上よ。あのテーブルの上、それにドアのガラスにも。あれは――あなたのものでしょ？」

ファラーは重ねていた手を離すと、スタークウェッダーがまたもテラスを歩いていることを身振りで伝えた。庭の方は向かずに、ローラは彼から離れ、声を張り上げた。

「それはご親切に、ジュリアン、きっと、助けていただくことがたくさんあると思いますわ」

スタークウェッダーは外のテラスを行ったり来たりしていた。彼の姿が見えなくなると、ローラはまたジュリアン・ファラーに向き直った。「あの指紋はあなたのものなの、ジュリアン？　考えて」

ファラーはしばらく考えこんでいた。やがて「テーブルの上のは――うん――わたしのものかもしれない」

「ああ、どうしましょう！」ローラは叫んだ。「どうしたらいいの？」

スタークウェッダーの姿がまた見えた。両開きドアのすぐ外のテラスをうろうろしている。ローラは煙草の煙を吐き出した。「警察はマグレガーという男のものだと考えてるわ――」彼女はファラーに伝えた。絶望的な表情を浮かべて彼を見つめ、相手が何か意見を言うのを待った。

「じゃあ、大丈夫だよ、それなら」と彼は返事をした。「たぶん、そう考え続けるさ」

「だけど、もし――」ローラが言いかけた。

ファラーはそれを遮った。「もう行かなくちゃならないんだ。約束があるんだよ」と立ち上がった。「大丈夫だよ、ローラ」そう言いながら、彼女の肩を軽くたたいた。

「心配しないで。きみのことは、わたしがどうにかするから」

ローラの絶望した顔に、かすかなとまどいがよぎった。明らかにそのことに気づかないまま、ファラーは両開きドアに歩いていった。ドアを開けたとき、スタークウェッダーが部屋に入ろうとして近づいてきた。ファラーはぶつからないように、礼儀正しくわきによけた。

「おや、もうお帰りですか？」スタークウェッダーはたずねた。

「ええ」とファラー。「最近、いろいろと忙しくてね。選挙が近づいてきているんです、あと一週間後に」

「ああ、なるほど」スタークウェッダーは応じた。「無知を許していただきたいんですが、あなたは何党ですか？　保守党？」

「自由党です」ファラーはいくぶん気分を害したようだった。

「ほう、まだ自由党ってあったんですね？」スタークウェッダーは陽気にたずねた。

ジュリアン・ファラーは鋭く息を吸いこんだが、何も言わずに部屋を出ていった。乱暴にドアを閉めることもなくファラーが去ってしまうと、スタークウェッダーはローラをにらみつけた。そして「なるほどそういうことか」と怒りをこらえながら言った。

「少なくとも、事情がわかりかけてきたよ」

「どういう意味ですの？」ローラはたずねた。

「あれはボーイフレンドなんだろ？」スタークウェッダーは彼女に近づいていきながらたずねた。「ねえ、そうなんだろう？」

「お聞きになったから、答えますけど」とローラは反抗的な口調になった。「ええ、そうよ！」

スタークウェッダーは何も言わずに、しばらくローラを見つめていた。やがて「ゆうべ、ぼくに言わなかったことがかなりあるんじゃないかな？」と憤慨した口調で問いつめた。「だから、あんなにあわてて彼のライターをひったくり、自分のものだと言ったんだ」彼は数歩、遠ざかってから、くるりと彼女の方を向いた。「それに、いつ頃から、彼との仲は続いているんだね？」

「もうだいぶたつわ」ローラは静かに言った。

「それでも、ウォリックのもとを去り、いっしょになるつもりはなかったのか？」

「ええ」ローラは答えた。「まずひとつには、ジュリアンの仕事のことがあるから。彼の政治生命をだいなしにしてしまうかもしれないわ」

スタークウェッダーはソファの一方の端に不機嫌そうに腰をおろした。「いや、そんなことないよ、最近では」と彼は反論した。「みんな、平然として不倫に対処しているんじゃないかな？」

「これは特殊な状況だったから」とローラは説明しようとした。「彼はリチャードの友人だったし、リチャードが下半身麻痺になってしまって――」

「ああ、そうか、わかったよ。たしかに、いい評判は立たないだろうね！」スタークウェッダーは辛辣だった。

ローラはソファに近づき、彼を見下ろした。「昨夜、あなたにこのことを話すべきだったと考えているのね？」彼女は冷ややかにたずねた。

スタークウェッダーは視線をそらした。「その義務はなかったが」と彼はつぶやいた。

ローラは気持ちを和らげたようだった。「重要だとは思わなかったのよ――」彼女は弁解しはじめた。「だって――自分がリチャードを撃ったことしか考えられなかったから」

スタークウェッダーはまた彼女に心を許したようで、こうつぶやいた。「うん、うん、わかるよ」しばらくして、こうつけ加えた。「ぼくもそれ以外には考えられなかった」

また黙りこんでから、彼女を見上げた。「ちょっとした実験をしてみないか？」彼はたずねた。「あなたはリチャードを撃ったとき、どこに立っていたの？」

「どこに立っていたかですって？」ローラはおうむ返しに言った。とまどっているようだった。

「そうだ」

ちょっと考えてから、ローラは答えた。「ああ――そこよ」彼女は両開きドアの方にあいまいに顎をしゃくった。

「そのとき立っていたところに行ってみて」スタークウェッダーは指示した。

ローラは立ち上がると、そわそわと部屋を歩き回りはじめた。「わ――わたし、思い出せないわ。どうしても思い出せ、なんて言わないでね」彼女は怯えているようだった。

「ど――動揺してたから。わたし――」

スタークウェッダーはそれを遮った。「ご主人が何かを言ったんだね」彼は思い出させた。「あなたが思わず拳銃をつかむようなことを」

ソファから立ち上がると、スタークウェッダーは肘掛け椅子のわきのテーブルに近づき、煙草をもみ消した。「さあ、いいかい、実際にやってみよう」彼は言葉を続けた。

「テーブルがある、拳銃がある」ローラの煙草をとって、それを灰皿に置いた。「さてそこで、あなたたちは口論をしていた。あなたは拳銃をつかむ――それをつかむんだ――」

「いやよ！」ローラは叫んだ。

「馬鹿なこと言わないで」とスタークウェッダーは諭した。「弾は入ってないよ。さあ、つかむんだ。つかんで」

ローラはおずおずと拳銃を手にとった。

「すばやくつかんだはずだ」と彼は思い出させた。「そんなふうにためらいながらとりあげたんじゃない。さっとつかんで、彼を撃った。どうやったのか、実演して見せて」

拳銃をぎこちなく構えて、ローラは彼からあとずさった。「わたし――わたし――」

彼女は言いかけた。

「続けて。やって見せるんだ」スタークウェッダーは怒鳴った。

ローラは拳銃の狙いを定めようとした。「さあ、撃って！」彼は繰り返し、叫んだ。

「弾は入ってない」

彼女がまだ躊躇していると、彼は拳銃を相手の手からひったくった。「思ったとおりだ」とスタークウェッダーは叫んだ。「あなたは生まれてから一度もリボルバーを撃ったことがない。撃ち方を知らないんだ」拳銃に目をやりながら、彼は続けた。「撃鉄の起こし方すら知らないじゃないか」

彼は拳銃をフットスツールに置くと、ソファの後ろに歩いていき、くるりと振り向いて彼女を正面から見すえた。ひと呼吸おいて、彼は穏やかに口を開いた。「あなたはご主人を撃っていない」

「撃ったわ」ローラは言い張った。

「いやちがう、あなたは撃たなかった」スタークウェッダーは自信たっぷりに繰り返した。

怯えたように、ローラはたずねた。「じゃあ、どうして撃ったなんて言ったと？」

スタークウェッダーは深々と息を吸いこむと、それを吐き出した。ソファの前に回ってきて、どしんと腰をおろした。「その答えは明々白々に思えるけどね。なぜなら、彼を撃ったのはジュリアン・ファラーだったからだよ」彼は容赦なく決めつけた。

「ちがうわ！」ローラはほとんど叫ぶように否定した。

「そうだ！」

「ちがいます！」彼女は繰り返した。

「いや、そうだよ」彼は譲らなかった。

「ジュリアンだったら」とローラはたずねた。「どうして、わたしは自分がやったと言ったの?」

スタークウェッダーはまっすぐ彼女を見つめた。「なぜならあなたはこう考えたからだ――それは結局、当たっていたがね――あなたのためなら、ぼくが事件をもみ消してくれるだろうと。たしかに、その点では正しかった」彼はソファに背を預けると、先を続けた。「そう、あなたはぼくを実に巧みに誘導した。だが、もうぼくは手を引く、聞こえたかな? 手を引くよ。ジュリアン・ファラー少佐に罪を免れさせるために大嘘をつくとしたら、ぼくはとんだ道化だ」

沈黙が広がった。しばらくのあいだローラは何も言わなかった。それから、うっすらと微笑んで、肘掛け椅子のそばのテーブルに歩いていき煙草をとりあげた。スタークウェッダーに向き直ると、彼女は言った。「ええ、たしかに道化ね。でも、それしか道はないわ! もう引き返すことはできないのよ! 警察にいったん供述したんですから、それを変えることはできないわ」

「なんだと?」スタークウェッダーはぎくりとしたように叫んだ。

ローラは肘掛け椅子にすわった。「何を知っているにしろ、いえ、知っていると考えているにしろ」と彼女は指摘した。「あなたはご自分の供述にしがみつくしかないのよ。事後従犯なんですから――そう、ご自分でおっしゃってたでしょ」彼女は煙草を深々と吸いこんだ。

スタークウェッダーは立ち上がって、ローラと顔を突き合わせた。ショックを受けながら、彼は怒鳴った。「ああ、ぼくは道化だよ！　この小悪魔め！」そのあとは無言のまま、しばらくローラをにらみつけていたが、さっときびすを返すと、足早に両開きドアから出ていき姿を消した。ローラは彼が庭を大股に歩いていくのを見送っていた。一度、彼を追いかけて、呼び戻そうとするかのような仕草を見せたが、思い直したようだった。憂悶の色を浮かべながら、彼女はゆっくりと両開きドアから顔をそむけた。

十二章

その日の午後遅く、ジュリアン・ファラーはいらだたしげに書斎を歩き回っていた。テラスに通じる両開きドアは開け放たれ、沈みかけた太陽が、金色の光を外の芝生に投げかけている。ファラーはローラ・ウォリックに呼び出されて訪ねてきたのだ。彼女は至急、彼に会わねばならない用事があるらしかった。彼女を待ちながら、ファラーはひっきりなしに腕時計をのぞいていた。

ファラーはとても動揺し、打ちひしがれているように見えた。外のテラスをのぞき、また部屋の中ほどに戻ってきて、腕時計に目をやった。そのとき、肘掛け椅子のわきのテーブルに新聞があることに気づき、手にとった。地元紙の〈ウェスタン・エコー〉で、一面にはリチャード・ウォリックの死を報じる新しい記事が掲載されていた。「有名な地元住人、謎の暴漢に殺害される」という見出しが躍っている。ファラーは肘掛け椅子にすわり、不安そうに記事に目を通しはじめた。しばらくして、新聞をわきに放り出すと、両開きドアに歩み寄った。もう一度部屋に一瞥をくれると、芝生を歩きだした。庭を半分ほど進んだところで、背後に物音を聞きつけた。さっと振り返って叫んだ。「ローラ、すまないが——」そこでがっかりして言葉を切った。彼の方に近づいてきた人物はローラ・ウォリックではなく、エンジェル、故リチャード・ウォリックの従僕兼看護人だったからだ。

「ミセス・ウォリックから、すぐに下りていく、とお伝えするように申しつかりました」とエンジェルは言いながらファラーに近づいてきた。「ですが、よろしければ、少しお話しできないでしょうか？」

「ああ、いいとも。何だね？」

エンジェルはジュリアン・ファラーに追いつくと、さらに数歩進んで家から遠ざかった。まるで二人の話を立ち聞きされるのを恐れているかのようだった。「それで？」とファラーは彼についていきながら催促した。

「いささか心配なんでございますよ」とエンジェルは切り出した。「このお屋敷でのわたしの立場について。それで、あなたさまにご相談したいと思ったのでございます」

自分自身の問題で頭がいっぱいだったので、ジュリアン・ファラーはろくすっぽ興味を示さなかった。「ほう、何か困ったことでも？」とたずねた。

エンジェルは少し考えてから返事をした。「ウォリックさまが亡くなったことでございます」と彼は言った。

「そうか。なるほど、そうなるだろうね」ファラーは応じた。「しかし、きみなら新しい仕事を簡単に見つけられると思うよ、どうだい？」

「そう願っております」

「資格を持ってるんだろう？」ファラーはたずねた。

「はい、さようで。資格がございます」エンジェルは答えた。「ですから、病院の仕事でも、個人的な仕事でも、いつでも手に入ります。それはわかってるんでございます」

「じゃあ、何を悩んでいるんだね？」

「実は」とエンジェルは打ち明けた。「この仕事を失うことになった状況が、きわめて遺憾に感じられるのでございますよ」

「ひらたくいえば」とファラーは言った。「殺人に巻きこまれたのが気に入らない。そういうことかね？」

「そう言うこともできます」と従僕は認めた。

「ふうむ」とファラーは言った。「それについては、残念ながらどうすることもできないよ。おそらく、ミセス・ウォリックから満足できる推薦状をもらえるだろう」彼は煙草ケースをとりだして、蓋を開けた。

「それはまちがいないと考えております」エンジェルは応じた。「ミセス・ウォリックはとてもすばらしいご婦人です――きわめて魅力的な女性と申し上げてもいいかと存じます」その口調には、かすかなあてこすりが感じとれた。

ジュリアン・ファラーはやはりローラを待とうと決心し、家に二、三歩引き返しかけた。しかし、従僕の態度にひっかかるものを覚え、さっと振り向いた。「どういう意味だね？」彼は低い声で質問した。

「いかなることでも、ミセス・ウォリックにご不便をおかけしたくないと思っております」エンジェルは慇懃無礼に言った。

返事をする前に、ファラーはケースから煙草をとりだし、ポケットにケースをしまった。「ようするに」と彼は言った。「きみは――彼女の恩に報いるために、もう少し屋敷にいるつもりなんだね？」

「そのとおりでございます」とエンジェルは認めた。「お屋敷で、あれこれお手伝いするつもりでおります。ただ、それを申し上げたかったわけではありません」しばし口をつぐんでいたが、言葉を続けた。「実を言うと、わたしの――良心の問題でして」

「いったい何を言いたいのかね――良心だって？」ファラーは語気を強めた。

エンジェルは恐縮しているように見えたが、しゃべりはじめた声には自信があふれていた。「わたしのむずかしい立場を、あまりご理解いただいていないようでございますね。警察に対して証言をする件なのでございます、端的に申しますと。可能な限り警察に協力するのは、市民としての務めです。と同時に、雇い主に対しては、忠実でありたいと願っているのでございます」

ジュリアン・ファラーは顔をそむけて煙草に火をつけた。「葛藤(かっとう)があるような口ぶりだね」と静かに言った。

「ちょっとお考えになれば、葛藤があるにちがいないことは、おわかりになると思いますが――忠節における葛藤と言ってもよいかと存じます」

ファラーは従僕をまっすぐ見つめた。「忌憚(きたん)なく言ってくれ、いったい何をほのめかしているのかね、エンジェル?」

「警察は背景を十分に認識していません」とエンジェルは答えた。「こういう事件の場合、背景がもしかしたら――仮定の話でございますよ――きわめて重要かもしれません。さらに、このところ、わたしは重度の不眠症に苦しんでおりまして」

「きみの慢性病がこれに関わっているのか?」ファラーは詰問した。

「不運なことに、そのとおりでございます」従僕は顔色ひとつ変えずに応じた。「昨夜は早めに休みましたが、眠れなかったのです」

「それは気の毒だったね」とファラーはおざなりに同情の言葉を口にした。「しかし——」

「よろしいですか」とエンジェルは相手の言葉を無視して続けた。「この屋敷内のわたしの寝室の位置のせいで、警察が十分に認識していないいくつかの事柄に気づいたのでございます」

「いったい、何を言いたいんだね？」ファラーは冷ややかにたずねた。

「故ウォリックさまは」とエンジェルは答えた。「病人で下半身麻痺でおいででした。そういう悲惨な状況では、ミセス・ウォリックのような魅力的な女性でしたら——どう申し上げましょうか——他の対象に愛情を抱いたとしても、少しも不思議ではございません」

「言いたいことはそれだけかね？　きみの口調は気に入らないな、エンジェル」

「さようですか」とエンジェルはつぶやいた。「しかし、どうか判断を早まらないでください。じっくり考えてみてください。おそらく、わたしの苦境に気づいていただけると思いますが。今、ここで、わたしは知るべきではないことを知る立場に立たされております。今のところ、警察には知らせておりません——ですが、もしかしたら、その情報を警察に知らせるのはわたしの義務かもしれないのでございます」

ジュリアン・ファラーは冷たい目でエンジェルを見つめた。「わたしが思うに」と彼は言った。「情報を警察に通報するという話は、ただのはったりじゃないかな。きみは実のところ、中傷を広めるとにおわせているんだ、ただし――」そこでいったん言葉を切ってから、文章を完成させた。「ただし、何だと言いたいのだ？」

エンジェルは肩をすくめた。「もちろん、ご指摘されるまでもなく」と彼は言った。「わたしはちゃんとした資格のある看護師でございます。しかし、ときには独立したいと考えることもあるのです、ファラー少佐。小さな――正確にいうと老人ホームではなくて――五、六人の患者を引き受けられる施設。むろん、アシスタントは必要です。患者の中には、たぶん家庭では手に負えないアルコール依存症の紳士も含まれるでしょう。そうした施設です。これまである程度の金を貯めたものの、不運にも、それだけでは十分ではないのでございます。もしかしたら――」彼は思わせぶりに言葉を切った。

ジュリアン・ファラーは相手の考えを代弁してやった。「きみはこう思ったわけだ」と彼は言った。「わたしが――あるいはわたしとミセス・ウォリックがいっしょに――きみのその計画に手を貸してくれるかもしれないとね、そうなんだろ」

「ちょっと思っただけでございますよ」とエンジェルは弱腰になった。「そうしていただけたら、大変にご親切なことだと」

「ああ、そりゃ、そうだろうとも」ファラーの口調は皮肉っぽかった。

「わたしが中傷を広めようとしていると、ずいぶん手厳しくおっしゃいましたね」とエンジェルは続けた。「つまり、わたしがスキャンダルを言いふらそうとしていると。しかし、そんなことはまったくございません。そんなことをしようとは、夢にも思っておりません」

「正確なところ、きみは何を言わんとしているのかね、エンジェル？」ファラーは堪忍袋の緒が切れかけているようだった。

エンジェルはすぐには答えず、へりくだった笑みを浮かべた。「まちがいなく、何かをほのめかしているだろ」

断固たる口調で言った。「さっきも申し上げたように、昨夜、わたしはよく眠れませんでした。目を覚ましたままベッドに横になり、霧笛の響きに耳を澄ませておりました。実に気の滅入る音でございますね、いつ聞いても。やがて、鎧戸がバタバタいう音を聞いた気がしたのです。寝つこうとしているときには、とてもいらだたしい音です。ベッドから出て、窓から体を乗り出しました。食品貯蔵室の窓の鎧戸のように思えました、わたしの部屋のほぼ真下の」

「それで？」ファラーは語気鋭く促した。

「下に行って、鎧戸の様子を見てこようと思いました」エンジェルは続けた。「階段を下りていく途中で、銃声を聞いたのでございます」彼はちょっと口をつぐんだ。「そのときはこれといって妙だとは思いませんでした。『ウォリックさまがまた銃を撃っておられる』と思ったのでございます。『こんな霧では、きっと何も見えないだろうに』。わたしは食品貯蔵室に行き、鎧戸をしっかり固定しました。しかし、そこに立っていたとき、ある理由で不安になったのでございます。窓の外の小道を足音が近づいてくるのが聞こえたのです――」

「つまり」とファラーは遮った。「その小道だね――」彼の視線がそちらに向けられた。

「ええ、そうです」エンジェルはうなずいた。「テラスからのびていて、家の角を曲がり、そちらに――台所の方にのびている道です。ふだんはあまり使われない道でございますね、もちろん、あなたさまがここにいらっしゃるときは別です。どうやら、お宅からこちらまでの近道になっているようですので」

エンジェルはしゃべるのをやめ、ジュリアン・ファラーに食い入るような視線を向けたが、相手はただ冷然と「続けたまえ」と言っただけだった。

「わたしは今申し上げたように、いささか不安になりました」エンジェルは話を進めた。「侵入者がいるのかもしれない、と思ったのです。ですから、あなたさまが食品貯蔵室の窓の前を急ぎ足で通り過ぎ——お宅の方に足早に戻っていかれるのを見たときには、どんなにほっとしたか言葉では言えないぐらいでございました」

しばらく黙っていてから、ファラーは言った。「きみの話には、あまり重要性を見いだせないんだがね。何か問題でもあるのか?」

申し訳なさそうに咳払いすると、エンジェルは答えた。「ちょっと思ったものでございますから。ゆうべ、ウォリックさまに会いにここにいらしたことを、警察におっしゃったのだろうかと。万一おっしゃっていなくて、もし連中が、昨夜の出来事についてもっと詳しくわたしに質問したら——」

ファラーは口をはさんだ。「きみはちゃんと認識しているんだろうね?」彼は苦々しげにたずねた。「恐喝に対する刑罰はとても重いんだぞ」

「恐喝ですと?」エンジェルはショックを受けたようだった。「どういう意味か、わかりかねますが。さっきも申し上げたように、自分の義務を果たすべきかどうか決断する際に、ひとつ疑問を感じたにすぎません。警察は——」

「警察は」とファラーは乱暴に相手の言葉を遮った。「ミスター・ウォリックを殺した人間について、完全に自信を持っている。そいつは、犯行に名前を署名したも同然だったからだ。きみに、これ以上の質問をすることはあるまいよ」

「ご安心ください」とエンジェルの声に警戒がにじんだ。「わたしはただ――」

「きみは十二分に承知しているだろ」ファラーはまたも、相手に終わりまで言わせなかった。「昨夜のあんな濃い霧の中では、誰の顔も見分けがつかなかったことぐらい。きみはこの話を創作したんだよ、なぜなら――」彼は言葉を切った。ローラ・ウォリックが家から庭に出てくるのが見えたのだ。

十三章

「お待たせしてごめんなさい、ジュリアン」とローラは二人に近づきながら呼びかけた。

エンジェルとジュリアン・ファラーがどうやら話しこんでいるらしいのを見て、彼女は驚いた様子だった。

「それでは、またのちほど、ご相談した方がよろしいですね、このささやかな問題については」従僕はファラーに小声で言った。彼はローラに軽く会釈をしてその場を離れると、庭を急ぎ足で突っ切って、屋敷の角を曲がっていった。

ローラは彼が去るのを見送ってから、せっぱつまった声で言いだした。「ジュリアン、わたし――」

ファラーは彼女を遮った。「どうしてわたしに来てほしいと言ったんだね、ローラ？」彼は怒気を含んだ声でたずねた。

「一日じゅう、あなたを待っていたのよ」ローラはびっくりしたように答えた。

「いいかい、今朝からずっと仕事に忙殺されていたんだ」ファラーは声を高くした。「委員会、さらに午後にはたくさんの会議。選挙前には、どの件も早々と打ち切りにできないんだよ。それにいずれにせよ、わからないかい、ローラ、今は会わない方がいいんじゃないか？」

「でも、相談しなくてはならないことがあるのよ」ローラは言った。

彼女の腕を軽くつかむと、ファラーは家から遠ざかろうとした。「エンジェルがわたしを恐喝しようとしたことを知ってるか？」彼はたずねた。

「エンジェル？」ローラは信じられないように叫んだ。「エンジェルが？」

「ああ。彼は明らかにわたしたちのことを知っている――それに、わたしが昨夜、ここにいたことを知っている、というか少なくとも知っているふりをしている」

ローラは息を呑んだ。「彼があなたの姿を見たということ？」

「見たと言っている」ファラーは憮然として答えた。

「でも、あの霧じゃ、見えたはずがないわ」ローラは言い張った。

「話をでっちあげてるんだ。食品貯蔵室に下りてきて、窓の外の鎧戸をどうこうしていたら、わたしが家に向かって帰っていったのを見たとね。その少し前に銃声を聞いたが、重大なことだとは思わなかったとも言ってる」

「まあ、どうしましょう！」ローラはあえぐように叫んだ。「なんて恐ろしいのかしら！　わたしたち、どうしたらいいの？」

ファラーはとっさにローラを抱きしめて慰めようとしかけたが、そこで、ちらりと屋敷に視線を向け、思い直した。彼はじっとローラを見つめた。「まだ、これからどうしたらいいかわからないんだ」彼は言った。「考えなくちゃならない」

「彼にお金を払うつもりはないんでしょ、そうよね？」

「ああ、むろんだ」ファラーは安心させた。「いったん金を払いはじめたら、破滅への道を歩きだしたも同然だ。それでも、どうしたらいいかな？」彼は片手を額にあてがった。「きのうの夜、ここに来たことは誰も知らないと思う」と言葉を続けた。「うちの家政婦も知らないにちがいない。肝心なのは、エンジェルが実際に見たのか、それとも、見たふりをしているかにかかってるな」

「彼が警察に行ったらどうしましょう」ローラはおののきながらたずねた。

「わかってる」ファラーはつぶやいた。もう一度、片手を額にあてがった。「考えなくてはならない――慎重に考えなくては」彼は行ったり来たりしはじめた。「はったりで切り抜けるか――彼が嘘をついているなら、わたしはきのうの夜、家をまったく出なかったと――」

「でも、指紋があるわ」ローラは言った。

「どの指紋だね？」ファラーはぎくりとしたようにたずねた。

「忘れてるのね」とローラは思い出させた。「テーブルの上の指紋よ。警察はあれがマグレガーのものだと考えているけど、エンジェルが警察に行ってその話を聞かせたら、あなたの指紋をとりたいと言うでしょう。そしたら――」

彼女は言葉を切った。

「そうか、なるほどね」彼はぶつぶつ言った。ジュリアン・ファラーはいまや度を失っていた。「そうか、そうなったら、しょうがない。わたしはここに来たことを認めないわけにいかないだろう――何か作り話をするよ。リチャードに用があって会いに来た、そして話し合っていて――」

「別れたとき、彼は元気そのものだったと言わなければならないわ」ローラは早口になって忠告した。

ファラーはほとんど愛情が感じられない目つきで、彼女をじろっと見た。「よくそんなに簡単に言えるね！」とげとげしい口調で非難した。「このわたしにそんな嘘がつけるものかな？」と皮肉っぽくつけ加えた。

「でも、何か言わなくちゃならないでしょ！」彼女はたじたじとなりながら訴えた。

「ああ、あそこに手をつかなくちゃならなかったんだよ、かがみこんだときに――」あの場面が甦ってきたかのように、ごくりと唾を飲みこんだ。

「指紋がマグレガーのものだと警察が信じていてくれればいいんだけど」ローラは熱をこめて言った。

「マグレガー！　マグレガーか！」ファラーはいまいましげに吐き捨てた。今ではほとんどわめかんばかりだった。「大体、あんなメッセージを新聞から切り貼りして、リチャードの死体に残すなんてこと、どうして思いついたんだ？　かえって恐ろしい危険を冒すことになったんじゃないのか？」

「ええ――いえ――わからないわ」ローラは混乱して叫んだ。

ファラーは無言のまま、嫌悪のまなざしを彼女に向けた。「ぞっとするほどの冷血ぶりだな」ぼそっと言った。

「何か考えつかなくちゃならなかったのよ」ローラはため息をついた。「わたし――わたしは頭が働かなかった。あれは実はマイケルの思いつきだったの」

「マイケル？」

「マイケル――スタークウェッダーよ」

「あいつがきみを手助けしたというのか？」ファラーはたずねた。信じがたいと言いたげだった。

「ええ、ええ、そうなの！」ローラはもどかしげに叫んだ。「それであなたに会いたかったの——説明したくて——」

ファラーはローラにぐっと近づいた。嫉妬もあらわな氷のような声で、彼は容赦なく問いつめた。「マイケルとは何者なんだ？」——冷たい怒りをこめて、スタークウェッダーのクリスチャンネームを強調した——「マイケル・スタークウェッダーはこの件にどう関わってるんだ？」

「彼は部屋に入ってきて——わたしを見つけたのよ」ローラは言った。「わたし——拳銃を手に持っていて——」

「なんてことだ！」ファラーは不愉快そうに叫び、ローラから身をひいた。「そして、きみはどうにか彼を説得して——」

「彼の方がわたしを説得したんだと思うわ」ローラは悲しげにつぶやいた。彼女はファラーのそばに寄った。「ああ、ジュリアン——」

ローラは彼の首に腕を回そうとしたが、さりげなく押しのけられた。「言っただろう、できるだけのことはするつもりだって」ファラーは念を押した。「何もしないとは思わないでほしい——だが——」

ローラはまじまじとファラーを見つめた。「あなた、変わったわ」彼女は低い声で言った。

「申し訳ないが、同じ気持ちではいられないんだ」ファラーは追いつめられた声で認めた。「こういうことが起きたあとでは――同じ気持ちになれないんだよ」

「わたしはなれるわ」ローラは言明した。「少なくとも、わたしはなれると思う。あなたが何をしようともね、ジュリアン、ずっと同じ気持ちでいられるわ」

「とりあえず、われわれの感情のことはおいておこう。事実に集中しなくてはならない」

ローラはファラーをじっと見た。「わかってるわ。わたし――スタークウェッダーに言ったのよ、わ、わたしが――ええ、わたしがやったと」

ファラーは唖然として彼女を見つめた。「スタークウェッダーにそう言ったのか?」

「ええ」

「それで、彼はきみに力を貸そうとしたのか? 彼は――見も知らぬ人間だろ? 頭がいかれているにちがいない!」

傷ついて、ローラは釈明した。「たぶん、ちょっと変わっているんだと思うわ。でも、とても頼もしい人よ」

「だろうね! どんな男もきみには抵抗できないんだ」ファラーは不機嫌に怒鳴った。

「そうだろ?」彼は一歩ローラから離れたが、あらためて彼女を正面から見つめた。

「それでも、ローラ、殺人は——」言葉を途切らせ、首を振った。

「二度と、そのことは考えないようにするつもりよ」ローラは言った。「それに、あれは計画的なものじゃなかったでしょ、ジュリアン。ただの衝動的な行動だった」彼女は訴えるようにしゃべっていた。

「起きたことを、いまさらあれこれ言ってもしょうがない」ファラーは彼女に言い聞かせた。「今後どうするかを考えなくちゃならないんだ」

「わかってるわ」彼女は答えた。「指紋とあなたのライターのことがあるわね」

「ああ」彼は思い返した。「死体にかがみこんだときに、落としたにちがいない」

「スタークウェッダーは、あれがあなたのものだって知ってるわ。でも、何もすることはできない。身動きがとれなくなっているの。いまさら供述を変えることはできないから」

ジュリアン・ファラーはしばらく彼女を見つめていた。やがて口を開いたとき、その声はどことなく自己犠牲に酔っているかのように響いた。「いざとなれば、ローラ、わたしが責めを受けるよ」彼は約束した。

「いえ、そんなこととしてほしくないわ」ローラは叫んだ。彼女はファラーの腕を握りしめたがすぐに離し、ちらりと屋敷に不安そうな視線を投げた。「そんなこと、してほしくないのよ！」彼女は早口で繰り返した。

「わたしが理解していないと思わないでほしいんだ――どうしてああいうことが起きたのか」ファラーは言葉を選びながらしゃべっていた。「きみは拳銃をとり、自分が何をしているかわからないうちに彼を撃ち、そして――」

ローラは驚愕に息を呑んだ。「なんですって？　あなた、わたしが彼を殺したと言わせようとしているの？」彼女は叫んだ。

「いや全然」ファラーは答えた。恥じ入っているようだった。「いざとなれば、責めを受ける心構えでいると言っただろう」

ローラは困惑して首を振った。「でも――あなたは言ったじゃない――どうしてああいうことが起きたのか、わかってるって」

ファラーはまじろぎもせずに彼女を見つめた。「聞いてくれ、ローラ。きみが故意にやったとは思っていないんだ。計画的なことだとは考えていない。そうじゃないってことは知ってるよ。よくわかってるんだ、きみが彼を撃ったのは、ただ――」

ローラはすばやく口をはさんだ。「わたしが彼を撃った？」ローラは茫然としていた。

「本気で、わたしが彼を撃ったと信じているの？」

彼女に背中を向けると、ファラーは怒って声を尖らせた。「いい加減にしてくれ、お互いに正直になるつもりがないならどうしようもないよ！」

ローラは声を大きくしないように努力しながら、せっぱつまった口調で、一語一語を強調するようにしゃべった。「わたしは彼を撃っていない。それはあなたも知ってるでしょ！」

沈黙が広がった。ジュリアン・ファラーはゆっくりと彼女に向き直った。「じゃあ、誰がやったんだ？」とたずねた。はっと閃き、彼はつけ加えた。「ローラ！　きみはわたしが彼を撃ったと言ってるのか？」

二人は互いに向き合って立ち尽くしたまま、しばらくどちらも口をきかなかった。やがてローラが言った。「わたし、銃声を聞いたのよ、ジュリアン」彼女は大きく息を吸いこんでから続けた。「銃声を聞いて、あなたの足音が小道を遠ざかっていくのを聞いた。下りてきたら、彼が――死んでいたの」

しばらく黙っていたファラーが、そっと言った。「ローラ、わたしが彼を撃ったんじゃないよ」助力かインスピレーションを得ようとでもいうように空を仰いでから、彼女を真剣に見つめた。「リチャードに会いにここに来たんだ」と説明した。「選挙がすんだら、離婚についての協議をしたいと伝えるためにね。ここに着く直前に、銃声を聞いた。いつものようにリチャードが悪ふざけをしているんだろう、と思ったんだ。部屋に入ってきたら、彼がいた。死んでいた。まだ温かかったよ」

ローラはすっかりまごついている様子だった。「温かかったですって？」と繰り返した。

「死んでから、まだ一、二分しかたっていなかったんだよ」とファラー。「もちろん、きみが撃ったんだと思った。他に彼を撃つような人間がいるか？」

「さっぱりわからないわ」ローラはささやいた。

「もしかしたら――自殺かもしれない」ファラーは言いかけたが、ローラが口をはさんだ。「いいえ、それはありえないの、だって――」

彼女ははっと言葉を切った。家の中でジャンが興奮してわめいている声が聞こえてきたのだ。

十四章

ジュリアン・ファラーとローラは家めざして走っていき、両開きドアから飛び出してきたジャンと、あわやぶつかりそうになった。「ローラ」ジャンは叫んだが、ローラはやさしく、しかし有無をいわせずに、彼を書斎に押し戻した。「ローラ、リチャードが死んだから、彼の自動拳銃やら何やら、ぜーんぶ、ぼくのものだよね？　だって、ぼくはリチャードの弟だから、家族で二番目にえらいんでしょ」

ジュリアン・ファラーは二人のあとから部屋に入っていき、ぼんやりと肘掛け椅子に歩み寄ると、腕木に腰をおろした。かたやローラは、すねて不平を鳴らしているジャンを落ち着かせようとした。「ベニーったら、ぼくに銃を持たせてくれないんだ。あそこの戸棚に鍵をかけて、しまっちゃったんだよ」とあいまいにドアの方に手を振った。「でも、あれはぼくのものでしょ。ぼくには権利があるんだ。ぼくに鍵を渡すようにベニーに言ってよ」

「ねえ、聞いてちょうだい、ジャン、いい子だから」ローラは言いかけたが、ジャンは聞く耳を持とうとしなかった。彼はすばやくドアまで行き、ローラに背中を向けて叫んだ。「あいつ、ぼくを子供扱いするんだ。ベニーのことだよ。みんな、ぼくを子供扱いする。だけど、ぼくは子供じゃない、大人だ。十九歳なんだよ。もうすぐ成人なんだ」そう言って、両腕でドアを通せんぼした。「リチャードの狩りの道具は、全部、ぼくのものだ。ぼく、リチャードみたいなことをするつもりなんだ。リスや鳥や猫を撃つのさ」ジャンはけたたましい笑い声をあげた。「人も撃つかもね、気に入らないやつだったら」

「あまり興奮してはだめよ、ジャン」ローラはたしなめた。

「興奮なんてしてないよ」ジャンはむっとして言い返した。「でも、ぼくは——なんて言ったっけ？——そう、カモにされるつもりはないんだ」ジャンは部屋の中央に戻ってくると、ローラの正面に立った。「今じゃ、ぼくはここの主人だ。この屋敷の主人なんだ。みんな、ぼくの命令どおりにしなくちゃならないんだよ」言葉を切ると、振り向いてジュリアン・ファラーに話しかけた。「なりたかったら、ぼくは治安判事にだってなれるんだ、そうでしょ、ジュリアン？」

「それにはちょっと若すぎると思うよ」ファラーは応じた。

ジャンは肩をすくめると、またローラの方を向いた。「みんな、ぼくを子供扱いしすぎるよ」とまた文句をつけた。「でも、これからはそんなことさせないぞ――もう、リチャードが死んだんだから」彼は両脚を広げて、どっかりとソファに腰をおろした。「それに、ぼくは金持ちなんだよね？」と続けた。「この屋敷だって、ぼくのものだ。もう誰もぼくをコケにできない。こっちがコケにしてやるよ。これからはまぬけなベニーばあさんに、あれこれ指図されたりしないぞ。ベニーがぼくに命令しようとしたら、ぼくは――」言葉を切り、子供っぽくつけ加えた。「ふん、どうするか、見てろよ！」

ローラはジャンに近づいていった。「ねえ聞いて、ジャン」彼女はやさしくささやきかけた。「わたしたち全員にとって、しばらくのあいだとても不安だけど、弁護士さんが来て遺言を読んで、いわゆる検認ということをするまでは、リチャードのものは誰のものでもないのよ。誰かが死ぬと、そうする決まりになっているの。そのときまで、全員が待たなくてはならないのよ。わかるかしら？」

ローラの話しぶりに、ジャンは気持ちがなだめられ、激昂が鎮まったようだった。ローラを見上げると、彼女の腰に腕を回し、ひしとしがみついた。「言ってることはわかるよ、ローラ。愛してる、ローラ。あなたのことを心から愛してるんだ」

「ええ、いい子ね」ローラはとりなすようにつぶやいた。「わたしも愛してるわ」

「リチャードが死んで喜んでいるんでしょ？」ジャンが唐突に質問した。「いいえ、もちろん喜んでなんていないわ」いささかぎょっとしたように、ローラはあわてて否定した。

「ううん、喜んでるよ」ジャンはいたずらっぽく言った。「これでジュリアンと結婚できるもんね」

ローラがすばやくジュリアン・ファラーを見ると、彼は立ち上がった。ジャンは得意げにまくしたてた。「ずうっとジュリアンと結婚したかったんでしょ？　ぼく、知ってるんだ。みんな、ぼくは何も気づかないとか知らないとか思いこんでるけど、ちゃんと知ってるんだよ。もうこれで、あなたたち二人にとっては、問題がなくなったんでしょ。都合のいいことが起きて、二人とも満足してるんだよ。うれしくてたまらないんだ、だって――」

ジャンは言いさし、ミス・ベネットが外の廊下で「ジャン！」と呼ぶのを聞いて、げらげら笑った。「まぬけなベニーばあさん！」彼は叫び、ソファの上で体をポンポン弾ませた。

「ねえ、どうかベニーにお行儀よくしてね」ローラはジャンに注意すると、彼をひっぱりあげて立たせた。「この事件で、ベニーはとても心配して心を痛めているんだから」

ジャンをドアに連れていきながら、やさしくローラは続けた。「ベニーの力になってあげなくてはだめよ、ジャン。だって、あなたは一家で唯一の男性なんですから」

ジャンはドアを開けると、ローラからジュリアンへと視線を移動させた。「わかったよ、わかった」と約束して、にっこりした。「そうするよ」彼は部屋を出てドアを閉めると「ベニー」と叫びながら去っていった。

ローラは、肘掛け椅子から立ち上がっていたジュリアン・ファラーの方を見た。彼は近づいてきた。「あの子がわたしたちのことを知っているとは、思いもよらなかったわ」彼女は動揺していた。

「そこがジャンのような人間の困ったところなんだ」ファラーは語気を強めた。「どの程度知っているのか、知らないのか、こちらは判断がつけられない。彼は非常に――なんというか、すぐ手に負えなくなるんだろ？」

「ええ、ちょっとしたことで興奮しやすいの」ローラは認めた。「でも、あの子をからうリチャードがいなくなったから、そのうち落ち着くでしょう。もっと普通になるわ。絶対そうよ」

ジュリアン・ファラーは懐疑的な様子だった。「うーん、それはどうかな」と言いかけたが、スタークウェッダーがふいに両開きドアから入ってきたので口をつぐんだ。

「やあ――こんばんは」スタークウェッダーはやけに陽気に呼びかけた。

「ああ――いや――こんばんは」ファラーはためらいがちに挨拶した。

「万事順調ですか？　前途洋々かな？」スタークウェッダーはたずねて、二人の顔を順繰りに眺めた。ふいに、破顔して「なるほど」と言った。「ことわざじゃないが、二人なら気があうが、三人だと仲間割れか」部屋の中に歩を進めた。「こんなふうに庭からお邪魔するべきじゃなかったですね。紳士は玄関に行って、ベルを鳴らすべきだ。そうでしょう？　しかし、まあ、ごらんのとおり、ぼくは紳士じゃないんでね」

「ああ、お願いですから――」ローラが言いかけると、スタークウェッダーは遮った。

「実を言うと」と説明を続けた。「ふたつの理由でうかがったんです。ひとつ、さよならを言うために。ぼくの身元が確認されたんでね。アバダンからの電報が、ぼくが正直でりっぱな人間だということを証明してくれたものですから。これで、いつでも出発できます」

「発たれてしまうのはとても残念ですわ――ずいぶん急ですのね」ローラの声には心からの気持ちがこもっていた。

「それはご親切に」といくぶん苦々しげにスタークウェッダーは応じた。「なにしろ、ぼくはご家族の殺人事件に首を突っ込む真似をしてしまいましたからね」彼はしばらくローラを見つめてから、デスクの椅子に歩み寄った。「しかし、庭から入ってきたのには別の理由があるんです」と話を続けた。「警察が車で送ってきてくれたんですよ。それで、連中は実に口が固いが、どうやら何かあったみたいなんですよ！」

狼狽(ろうばい)して、ローラは息を呑んだ。「警察が戻ってきたんですの？」

「ええ」スタークウェッダーはきっぱりと肯定した。

「でも、今朝、捜査を終えたのだと思っていたわ」とローラ。「だから言ってるでしょう

スタークウェッダーは彼女に抜け目のない視線を向けた。

——何かあったって！」言葉に力をこめた。

外の廊下で人声がした。ローラとジュリアン・ファラーが身を寄せ合ったとき、ドアが開き、リチャード・ウォリックの母親が入ってきた。杖にすがって歩いているにもかかわらず、とても姿勢がよく、沈着冷静に見えた。

「ベニー！」ミセス・ウォリックは肩越しに呼びかけてから、ローラに話しかけた。

「ああ、ここにいたのね、ローラ。あなたを探していたんですよ」

ジュリアン・ファラーが進みでて、ミセス・ウォリックを支えながら肘掛け椅子に導いていった。「ご親切に、また来てくださったのね、ジュリアン」老婦人は言った。

「あなたがどんなに忙しいか、よく承知していますよ」

「もっと早くうかがうべきでした、ミセス・ウォリック」老婦人を椅子にすわらせながら、彼はそう答えた。「しかし、今日はとびきりあわただしい一日でしてね。わたしで力になれることがあれば、何でも――」まずミス・ベネット、続いてトマス警部が部屋に入ってきたので、彼は言葉を切った。警部はブリーフケースを手にして、部屋の中央に進んできた。スタークウェッダーはデスクの椅子にすわり、煙草に火をつけた。そのとき、キャドワラダー部長刑事がエンジェルといっしょに入ってきた。従僕はドアを閉めると、ドアに背を向けて立った。

「若いミスター・ウォリックが見つかりません、警部」部長刑事は報告して、両開きドアに歩いていった。

「どこか外にいます。散歩に出かけたんですよ」ミス・ベニーが言った。

「かまいませんよ」警部は言った。ちょっと黙りこんで、部屋にいる人々をぐるっと見回した。警部の態度は変化していて、以前はなかった厳格さを漂わせていた。

彼が何か言うのを待っていた老ミセス・ウォリックが、よそよそしくたずねた。「まだ質問がおありだと理解してよろしいのかしら、トマス警部？」

「ええ、ミセス・ウォリック。残念ながらそうなのです」

ミセス・ウォリックは、用心深い声でたずねた。「あのマグレガーという男について、まだ情報が入らないんですか？」

「いえ、その反対です」

「見つかったんですか？」老夫人は声を弾ませた。

「ええ」と警部はそっけなく答えた。

集まっていた人々のあいだに、はっきりと興奮が走った。ローラとジュリアン・ファラーは信じられないと言いたげな面持ちで、スタークウェッダーは椅子の中で体を回して警部を正面から見つめた。

いきなりミス・ベネットの声が甲高く響いた。「では、彼を逮捕したんですね？」

警部はすぐに答えずに、しばし彼女を見つめていた。やがて「残念ながら、それは不可能なのです、ミス・ベネット」と報告した。

「不可能？」ミセス・ウォリックが聞きとがめた。「だけど、なぜです？」

「彼は亡くなっていたからです」警部は静かに伝えた。

十五章

トマス警部の発表に、張りつめた静寂が部屋に広がった。やがて、ためらいがちに、まるで怯えているかのように、ローラが小さな声でたずねた。「な——なんておっしゃったんですの？」

「このマグレガーという男は死んでいる、と申し上げたんです」警部はきっぱりと言った。

部屋の全員がはっと息を呑み、警部は感情のこもらない声で報告を続けた。「ジョン・マグレガーは、二年以上前にアラスカで亡くなりました——イギリスからカナダに戻ってまもなくのことです」

「死んだ！」ローラは愕然として叫んだ。

部屋の誰にも気づかれずに、ジャン少年がガラスドアの外のテラスを通っていった。

「そうなると事情がちがってきます、そうでしょう？」と警部は言った。「ミスター・

ウォリックの死体に復讐の手紙を残したのは、ジョン・マグレガーではなかったわけだ。しかし、手紙を残した人物は、マグレガーとノーフォークの事故のことを熟知していた、これははっきりしている。となると、まちがいなく、この家の何者かが関係していることになる」

「ちがいます」ミス・ベネットが声を荒らげた。「いいえ、そんなことがあるわけありません――きっと、それは――」彼女は言葉を途切れさせた。

「何ですか、ミス・ベネット?」警部が促した。彼は待ったが、ミス・ベネットは先を続けることができなかった。ふいに悄然と肩を落とし、彼女はガラスの両開きドアに近づいていった。

警部はリチャード・ウォリックの母親に注意を向けた。「ご理解いただけますね、奥さん」彼は同情のこもった声を出そうとした。「これで事情が変わってくることは」

「ええ、わかりますよ」ミセス・ウォリックは答えた。彼女は立ち上がった。「まだわたくしにご用がありますかしら、警部さん?」

「いいえ、とりあえずけっこうです、ミセス・ウォリック」警部は言った。

「ありがとう」ミセス・ウォリックがつぶやきながらドアに向かおうとすると、エンジェルが急いでドアを開けた。ジュリアン・ファラーは老婦人を支えてドアまで連れていった。彼女が部屋を出ていくと、ファラーは戻ってきて、憂いに沈んだ顔で肘掛け椅子の後ろに立った。かたや、トマス警部はブリーフケースを開け、拳銃をとりだした。

エンジェルがミセス・ウォリックに続いて部屋を出ていこうとすると、警部がいかめしい声で呼んだ。「エンジェル！」

従僕はぎくりとして、部屋に引き返してドアを閉めた。「はい、何でございましょう？」彼は低い声でたずねた。

警部は明らかに殺人の凶器とおぼしきものを手に、従僕に近づいていった。「この拳銃のことだが」と彼は従僕にたずねた。「今朝、きみはあいまいだった。これがミスター・ウォリックのものかどうか、しかと判別できるかね、それともできないかね？」

「はっきりした返事はできかねます、警部さん」エンジェルは答えた。「ウォリックさまは、それはもうたくさんの銃をお持ちでしたから」

「これはヨーロッパ製の銃だ」と警部は教え、拳銃を相手の鼻先に突き出した。「いわば戦争の記念品、と言っていいだろう」

彼がしゃべっているあいだに、またもや、部屋の誰にも気づかれずに、ジャンが外のテラスをさっきとは反対方向に歩いていった。ジャンは拳銃を手に持ち、それを隠そうとしているようだった。

エンジェルは武器を眺めた。「ウォリックさまはたしかに外国製の銃をいくつかお持ちでした、警部さん」と彼は証言した。「しかし、銃器はご自分で手入れなさっていたんです。わたしには触らせようとなさいませんでした」

警部はジュリアン・ファラーに近づいていった。「ファラー少佐」と声をかけた。「あなたも、おそらく戦争の記念品をお持ちでしょうね。この拳銃を見て、何か気づかれたことがありますか?」

ファラーは気のないそぶりで拳銃を見た。「いえ全然、残念ながら」

彼から離れると、警部は拳銃をブリーフケースにしまいにいった。「キャドワラダー部長刑事とわたしで」と彼は居並ぶ人々に宣言した。「ミスター・ウォリックの銃器コレクションを慎重に調べたいと思っています。おそらく、大半の銃器については許可証があるでしょうな」

「ええ、もちろんです」エンジェルが請け合った。「許可証は寝室のたんすの引き出しに入っております。拳銃やら何やらは、すべて銃器戸棚にしまわれています」

キャドワラダー部長刑事がドアに向かいかけると、ミス・ベネットが押しとどめた。「お待ちください」彼女は呼びかけた。「銃器戸棚の鍵が必要でしょう」彼女はポケットから鍵をとりだした。

「鍵をかけたんですか?」警部がさっと彼女の方を振り向いて詰問した。「なぜです?」

ミス・ベネットは、警部に劣らず切り口上で「そんなこと、質問なさるまでもないと存じますけど」とぴしゃりと返した。「あれだけの銃と弾丸があるんですよ、きわめて危険です。子供でも知ってることですわ」

笑いを嚙み殺しながら、部長刑事は彼女から鍵を受けとり、ドアに向かい、そこで警部もいっしょに来るのかどうか窺うように足を止めた。ミス・ベネットの居丈高な言葉に明らかに腹を立てたらしく、トマス警部は「もう一度、きみと話したい、エンジェル」とそっけなく言い捨て、ブリーフケースをつかむと部屋を出ていった。部長刑事はエンジェルのためにドアを開けたまま、上司のあとに続いた。

しかし、従僕はすぐに部屋を出ようとしなかった。椅子にすわりこんで床を見つめているローラに、不安そうな視線をちらりと投げてから、ジュリアン・ファラーに近づいていってささやいた。「例のちょっとした件のことで。できましたら、早急に話を決めたいと思っているのです。今後のことをお考えになれば――」

不承不承、ファラーは答えた。「たぶん――何かしら――できると思う」

「ありがとうございます」エンジェルはかすかな微笑を浮かべた。「心から感謝いたします」彼がドアに歩み寄り、部屋を出ようとしかけたとき、ファラーは決然たる口調で制止した。「いや！　ちょっと待て、エンジェル」

従僕が振り返ると、ファラーは大声で呼びかけた。「トマス警部！」

緊迫した沈黙が流れた。ややあって、警部が部長刑事を後ろに従えてドアまで戻ってきた。「はい、ファラー少佐？」警部は穏やかにたずねた。

愛想のいい自然な態度に戻り、ジュリアン・ファラーは肘掛け椅子の方にゆったりと歩を運んだ。「警部さん、あなたが定石どおり捜査を進める前に」と彼は切り出した。「話しておくべきことがあるんです。実際、今朝、申し上げておくべきでしたよ。しかし、気が動転していたものでね。若いミセス・ウォリックから、ついさっき、警察が誰のものか突き止めたがっている指紋があると聞いたんです。たしか、このテーブルに残っていたものだそうですが」彼は言葉を切ってから、さりげなく続けた。「警部さん、おそらく、それはわたしの指紋ですよ」

沈黙が広がった。警部はゆっくりとファラーに近づいていき、それから静かだがとがめるような口調で問いただした。「昨夜、ここにいらしたんですか、ファラー少佐？」

「ええ」ファラーは答えた。「夕食後にしじゅう来てるんです、リチャードとたわいのないおしゃべりをするためにね」

「すると、あなたが来たとき、彼は——？」警部は追及した。

「彼はとても不機嫌で沈みこんでいました。だから、長居はしなかったんです」

「それは何時頃でしたか、ファラー少佐？」

ファラーはしばし考えてから、答えた。「実は覚えていないんですよ。たぶん、十時か十時半でしょう。そのあたりです」

警部はじっと相手を見た。「もう少し正確な時間はわかりませんか？」

「すみません。どうやら、無理のようです」とファラーは間髪を容れずに答えた。

警部は堅苦しい表情でしばらく黙りこんでから、いかにも何気ない口調でたずねた。

「口論とか——激しい言葉の応酬といったものはなかったんでしょうね？」

「ええ、まったく」ファラーは憤然として答えた。彼は腕時計をのぞき「遅刻だ」と言った。「市庁舎の会議で議長を務めなくてはならないんです。みんなを待たせておくわけにいかない」きびすを返して、両開きドアの方に歩きだした。「では、よろしければ——」とテラスに出たところで立ち止まった。

「市議会を待たせるわけにはいきませんね」と警部は同意して、彼を追っていった。

「しかし、ご理解いただけると思いますがね、ファラー少佐、昨夜の行動について詳しい説明をうかがいたいんです。できたら、明日の朝にでも」ちょっと言葉を切ってから続けた。「むろん、ご存じと思いますが、あなたには供述をしなければならない義務はありません。あくまで自発的なものです――それに、お望みなら、弁護士を同席させても、いっこうにかまいませんよ」

再び老ミセス・ウォリックが部屋に入ってきた。彼女はドアを開けたまま足を止め、警部の最後の言葉を聞いた。警部が言わんとすることを理解して、ジュリアン・ファラーは大きく息を吸いこんだ。「わかってます――あますところなく」彼は言った。「明日の朝十時でいかがですか？　それに、弁護士にも同席してもらいましょう」

ファラーがテラスを歩いていくと、警部はローラ・ウォリックの方を向いた。「昨夜、ファラー少佐がここに来たとき、あなたは彼とお会いになりましたか？」

「わたし――わたし――」ローラは心細そうに言いかけたが、スタークウェッダーに遮られた。彼はすわっていた椅子からいきなり立ち上がると、つかつかと二人に近づいていき、警部とローラのあいだに立ちはだかった。「ミセス・ウォリックは、今はどんな質問にも答えたくないと思いますよ」

十六章

スタークウェッダーとトマス警部は無言のまま、しばしにらみあった。やがて警部は口を開いた。「失礼だが何とおっしゃったのですか、ミスター・スタークウェッダー？」彼は抑えた声でたずねた。

「ミセス・ウォリックは現時点で、これ以上どんな質問にも答えたくない心境だと思う、そう言ったのです」

「ほほう？」警部は低くうなった。「で、それがあなたとどういう関係があるのか、お聞きしたいですな」

老ミセス・ウォリックがそのにらみあいに加わった。「ミスター・スタークウェッダーの言うとおりですよ」きっぱりとした口調だった。

警部は問いかけるようにローラを見た。口ごもってから、彼女はつぶやいた。「ええ、今はもう、どんな質問にも答えたくありませんわ」

澄ました顔でスタークウェッダーが警部に笑いかけると、警部は怒ったように身を翻し、部長刑事をひき連れて足早に部屋を出ていった。エンジェルは二人を追っていき、ドアを閉めた。とたんに、ローラが叫ぶように言った。「だけど、話すべきだわ。話さなくては――話さなくてはならないわ――」

「ミスター・スタークウェッダーのおっしゃるとおりですよ、ローラ」老夫人が諭した。「今は黙っていればいいるほど、いいんです」杖にすがって部屋をしばらく歩き回ってから、言葉を続けた。「すぐにミスター・アダムズに連絡をとらなくてはなりませんね」スタークウェッダーの方を向いて、老夫人は説明した。「ミスター・アダムズはわが家の弁護士なんです」彼女はミス・ベネットの方に視線を向けた。「今すぐ彼に電話しておくれ、ベニー」

ミス・ベネットはうなずくと電話に近づいたが、老ミセス・ウォリックはそれを止めた。「いいえ、二階の電話を使っておくれ」と指示して、「ローラ、あなたもいっしょに行きなさい」とつけ加えた。

ローラは立ち上がったものの躊躇して、とまどったように義母を見つめた。すると、老夫人はただこう言った。「ミスター・スタークウェッダーと話したいことがあるのです」

「でも——」ローラは言いかけたが、たちまち義母に遮られた。「さあさあ、心配しないで」老夫人は嫁をなだめた。「わたくしの言うとおりにしておくれ」

ローラはさらに逡巡していたが、結局、廊下に出ていき、そのあとにミス・ベネットが続き、ドアを閉めた。すぐさま老ミセス・ウォリックはスタークウェッダーに近づいていった。「どのぐらい時間があるかわかりませんけど」と彼女は早口にしゃべりながら、ちらちらとドアに視線を向けた。「あなたに助けていただきたいのです」

スタークウェッダーは驚いた顔になった。「どうやって？」

一拍置いてから、ミセス・ウォリックは言葉を継いだ。「あなたは賢くていらっしゃる——それに、見知らぬ方です。外からわたくしたちの生活に入っていらした。わたくしたちはあなたについて何も知りません。お互いに一切の利害関係がないのです」

スタークウェッダーはうなずいた。「招かれざる客ってわけですか？」とつぶやいた。彼はソファの腕木に腰をおろした。

「他人であるからこそ」とミセス・ウォリックは続けた。「あなたにしていただきたいことがあるのです」彼女は両開きドアに近づいていき、テラスに出ると左右に目を配った。

しばらくして、スタークウェッダーは言った。「何でしょう、ミセス・ウォリック?」

部屋に戻ってくると、ミセス・ウォリックは堰を切ったようにしゃべりはじめた。

「ついさっきまでは、この悲劇に、もっともな説明をつけることができました。息子が傷つけた人――事故によってその子供を殺してしまった人――が復讐を果たしにやって来た。メロドラマじみているのは承知していますが、そういうことが起こるのは往々にして新聞でも目にします」

「おっしゃるとおりです」スタークウェッダーは答えながら、この会話はどちらに進んでいくのだろう、と内心、首をひねっていた。

「ですが今、その説明が崩壊してしまいました。そして、息子の殺人事件は家庭内に持ちこまれたのです」彼女は二、三歩肘掛け椅子に近づいた。「さて、息子を絶対に撃てなかった人間は二人います。それは息子の妻とミス・ベネットです。二人は銃が発射されたとき、実際にいっしょにいたのです」

スタークウェッダーは鋭く相手を見たが、「たしかに」とだけ答えた。

「けれども」とミセス・ウォリックは先を続けた。「ローラは夫を殺害できなかったとしても、誰がやったかを知っているかもしれません」

「だとすると、彼女は事後従犯になりますね」とスタークウェッダーは意見を述べた。

いんですか？」

「彼女とあのジュリアン・ファラーなる男性が共謀したんですか？　そうおっしゃりたいんですか？」

ミセス・ウォリックはいらだたしげな表情を浮かべた。「そんなことを言いたいのではありません」またも、ちらりとドアを一瞥してから、話を続けた。「ジュリアン・ファラーは、わたくしの息子を撃っていません」

スタークウェッダーはソファの腕木から立ち上がった。「どうしてそれがわかるんです？」彼は質問した。

「わかっているんです」とミセス・ウォリックは答えた。そして、射抜くようにスタークウェッダーを見つめた。「あなたに、他人のあなたに、家族の誰も知らないことをお話しします」彼女は冷静な口調で言った。「実は、わたくしはこの先長くないのです」

「お気の毒に――」とスタークウェッダーは言いかけたが、老夫人は片手をあげて押しとどめた。「同情を買おうとして話しているのではありません」と念を押した。「そうしなければ説明がむずかしいので、申し上げているだけです。人生には何かを実行しようと決断するときがままありますが、もし余命が数年でなければ決断できないこともあります」

「たとえば？」とスタークウェッダーは静かにたずねた。

ミセス・ウォリックはまじろぎもせずに相手を見つめた。「まず、別のことをお話ししなければなりません、ミスター・スタークウェッダー。息子のことで申し上げておくことがあるのです」彼女はソファに近づき、腰をおろした。「わたくしは息子を心から愛していました。子供のとき、青年時代、あの子はすばらしい資質をたくさん持っていました。成功して財産もあり、勇敢で陽気で、いっしょにいて楽しい相手でした」彼女は言葉を切り、記憶を探っているように見えた。やがて先を続けた。「認めねばなりませんが、そうした資質の陰にはずっと欠点がひそんでいたのです。あの子は自制心がなく、管理されたり制限されたりすることに我慢できないたちでした。残酷な一面を持ち、おそろしく傲慢でした。成功している限りは、すべてうまくいっていました。でも、逆境と折り合えるような資質は備えていなかったのです。この数年、あの子がずるずると堕落していくのを、わたくしは目の当たりにしてきました」

スタークウェッダーはスツールにそっと腰をおろし、彼女と向かい合った。

「怪物になったと言ったら」とリチャード・ウォリックの母親は続けた。「おおげさに聞こえるかもしれません。それでも、ある意味で、あの子は怪物だったのです——利己主義、自尊心、残虐性の怪物。自分自身が傷つけられたので、他人を傷つけたくてたまらなかったのです」彼女の声には糾弾の響きが聞きとれた。「ですから、彼のために他の人は苦しみはじめました。おわかりになりますか？」

「ええ――たぶん」スタークウェッダーは低くつぶやいた。

ミセス・ウォリックの声はまた穏やかになり、先を続けた。「ところで、わたくしは義理の娘がとても好きです。彼女には気概がありますし、心が温かく、感嘆するほどの忍耐心があります。リチャードは彼女にあっさりと結婚を承諾させましたが、彼女が息子と本当に恋に落ちたのかどうかはわかりません。でも、このことは申し上げておきますよ――嫁はリチャードが病気と麻痺に耐えていけるように、妻としてできる限りの手を尽くしたのです」

老夫人はしばらく考えこんでいたが、再び口を開いたとき、その声は悲哀をおびていた。「でも、あの子は妻の助力を受け入れようとしませんでした。撥ねつけました。ときには、リチャードは妻を無性に憎くなることがあったのだと思います。もしかしたら、はたで思う以上に、それは自然の成り行きだったのでしょう。ですから、避けがたいことが起きたと申し上げても、あなたにはご理解いただけますね。ローラが別の男性と恋に落ち、相手もローラを愛してしまったのです」

スタークウェッダーはミセス・ウォリックをじっくりと眺めた。「どうしてそんなことを話してくださるのです？」

「なぜなら、あなたが赤の他人だからです」彼女は躊躇なく答えた。「この愛と憎悪と試練の話は、あなたにとって何の意味も持たないので、眉ひとつ動かさずに聞くことができるからですよ」

「それはどうかな」

相手の言葉が耳に入らなかったかのように、ミセス・ウォリックは話を進めた。「そして、ついに」と彼女は言った。「ただひとつのことでしか、すべての厄介ごとを解決できないと思えるようにまでなったのです。リチャードの死でしか」

スタークウェッダーはじっと相手の顔を見つめていた。「そこへ都合よく」と彼はささやいた。「リチャードは死んだわけですね？」

沈黙が広がった。そこでスタークウェッダーは立ち上がり、スツールを回って、テーブルに歩いていくと煙草を消した。「ぶしつけな質問をお許しいただきたいが、あなたは殺人を告白していらっしゃるんですか？」

十七章

ミセス・ウォリックは数秒ほど無言だった。それから、毅然(きぜん)とした口調で言った。「ひとつ、質問があります、ミスター・スタークウェッダー。命を与えた人間は、その命を奪う権利もあると考えるかもしれないことが、あなたには理解できますか？」

その質問に考えこみながら、スタークウェッダーは部屋を行きつ戻りつした。ようやく「たしかに世間じゃ、母親が子供を殺す事件が起きている」と認めた。「しかし、たいていあさましい理由からです──保険金──あるいは、すでに二、三人の子供がいるので、もうこれ以上ほしくないとか」いきなり振り向いて、老夫人と面と向かうと、早口にたずねた。「リチャードの死で、あなたは経済的な利益を得られますか？」

「いいえ、とんでもない」ミセス・ウォリックは言下に否定した。

スタークウェッダーは詫びるように頭を下げた。「非礼を許してください──」と言いかけたとき、ミセス・ウォリックが口をはさみ、荒々しいと言えそうな口調でたずねた。「わたくしが何を言いたいのか、わかりますか？」

「ええ、わかると思います」彼は答えた。「母親が息子を殺すことはありうる、とおっしゃっているんでしょう」彼はソファに近づいていき、そこにもたれて続けた。「さらに、こうも言っていらっしゃる——すなわち——あなたがあなたの息子さんを殺すこともありうると」口をつぐみ、彼女をひたと見つめた。「それはただの理論ですか、それとも、事実として理解するべきなのでしょうか？」

「わたくしは何も告白するつもりはありません」ミセス・ウォリックは言った。「ただ、こういうものの見方もあることをあなたに示しているだけです。この家でいつか不測の事態が持ち上がったとき、わたしはもはやその事態に対処できなくなっているかもしれません。ですから、そういう状況になったときに備え、これをあなたに持っていてもらい、利用していただきたいのです」彼女はポケットから封筒をとりだして、スタークウェッダーに渡した。

スタークウェッダーは封筒を受けとったが、こう言った。「それはかまいませんよ。しかし、ぼくはもうここにいないでしょう。仕事をするために、アバダンに戻るつもりなのです」

ミセス・ウォリックは手を振り、その反論をあっさり一蹴した。「文明と縁を切ることはできませんよ」彼女は思い出させた。「当然、アバダンには新聞もラジオもあります」

「ええ、そうですね」彼は同意した。「文明の恩恵はこうむっています」

「では、どうか封筒を持っていてください。誰宛だかわかりますね？」

スタークウェッダーは封筒をちらっと見た。「警察署長殿。ええ。しかし、あなたが何をお考えなのか、さっぱりわからないんですが。女性にしては、あなたは驚くほど秘密を守るのが得意なようだ。あなたご自身がこの殺人を犯したか、やった人間を知っているか。そうですね？」

彼女は視線をそらした。「その問題を話し合うつもりはありません」

スタークウェッダーは肘掛け椅子にすわった。「それでも」と言い募った。「あなたがお考えになっていることを正確に知りたいですね」

「でも、残念ながら、お話しするつもりはありません」ミセス・ウォリックは言い返した。「おっしゃるように、わたくしは秘密を守れる女性ですから」

別の方向から攻めることにして、スタークウェッダーは言った。「あの従僕ですが――あなたの息子さんの世話をしていた男――」名前を思い出そうとして言葉を切った。

「エンジェルのことですね。ええ、エンジェルがどうしました？」

「彼をお好きですか？」スタークウェッダーはたずねた。

「いいえ、あいにくと好きではありません」老夫人は答えた。「でも、仕事では有能ですし、リチャードははっきり申し上げて、仕えるのが楽な人間じゃありませんでした」

「想像はつきますよ」スタークウェッダーは応じた。「しかし、エンジェルはそうした困難に耐えていたんでしょう？」

「それだけの見返りはありましたから」ミセス・ウォリックは顔をしかめた。

スタークウェッダーはまたもや部屋を行きつ戻りつしはじめた。それからミセス・ウォリックに向き直ると、相手から情報を引きだそうとしてたずねた。「リチャードはエンジェルについて、何かつかんでいたんですか？」

老夫人は一瞬、とまどった顔になった。「つかんでいた？」彼女は繰り返した。「どういうことです？　ああ、なるほど。つまり、リチャードはエンジェルの後ろ暗い秘密を知っていたのか、ということですね？」

「ええ、そう言いたかったんです」スタークウェッダーは肯定した。「彼はエンジェルに対して支配力をふるっていたんですか？」

ミセス・ウォリックはちょっと考えてから答えた。「いいえ、そうは思いませんね」

「もしかしたら、と思ったんですが――」彼は言いかけた。

「あなたは」とミセス・ウォリックはせっかちに割って入った。「エンジェルが息子を撃ったのか、とお聞きになりたいんでしょ？ ちがうと思いますよ。まずないでしょうね」

「なるほど。その説は買わないんですね。残念です、はっきり言って」

ミセス・ウォリックはいきなり立ち上がった。「ありがとうございました、ミスター・スタークウェッダー。とてもご親切にしていただきました」

彼女は片手を差し出した。相手の唐突さをおもしろがりながら、彼は握手をすると、ドアまで歩いていき開けた。おもむろに老夫人は部屋を出ていった。スタークウェッダーは彼女の背後でドアを閉めると、にやっとした。「いや、まいった！」ひとりごち、あらためて封筒を眺めた。「たいした女性だ！」

ミス・ベネットがあわてた心配そうな顔つきで部屋に入ってきたので、スタークウェッダーは急いで封筒をポケットにねじこんだ。「何を話していらしたんですか？」彼女は追及した。

不意を打たれ、スタークウェッダーは時間稼ぎをした。「え？ 何のことです？」

「ミセス・ウォリックは――奥さまは何を話したんです？」ミス・ベネットは質問を繰り返した。

直接的な答えを避けようとして、スタークウェッダーはただこう言った。「あなた、あわてているようですね」

「そりゃ、そうです」彼女は答えた。「奥さまには思い切ったことができると知っていますから」

スタークウェッダーは家政婦に視線を注いでいたが、やがてたずねた。「ミセス・ウォリックはどういうことができるんですか？　殺人？」

ミス・ベネットは彼の方に一歩踏みだした。「奥さまがあなたに信じさせようとしていたのは、そのことなんですか？　それは本当じゃありません、はっきり言って。そのことをちゃんとわかっていただかないと。それは真実じゃないんです」

「だが、確実なことは言えない。もしかしたら、そうなのかもしれない」彼はしかつめらしく言った。

「でも、真実じゃないとはっきり申し上げてるでしょ」彼女は言い張った。

「どうしてわかるんです？」スタークウェッダーは問い返した。

「わかってるんです。この家の人間のことで、わたしの知らないことがあると思いますか？　何年もいっしょに暮らしているんですよ。何年もね、言っときますけど」彼女は肘掛け椅子にすわりこんだ。「わたしはみなさんを心から愛しています、全員を」

「今は亡きリチャード・ウォリックも含めて？」スタークウェッダーはたずねた。

ミス・ベネットはしばらく物思いに沈んでいるようだった。やがて「昔はあの方を好きでした――かつては」と答えた。

沈黙が続いた。スタークウェッダーはスツールにすわると、じっと相手を見つめていたが、やがて口を開いた。「続けてください」

「あの方は変わりました」ミス・ベネットは言った。「彼は――歪んでしまいました。考え方が一変してしまって。ときには悪魔にもなれたんです」

「ええ、その点については、全員の見解が一致しているようですね」スタークウェッダーは意見を述べた。

「でも、かつてのあの方をご存じだったら――」彼女は言いかけた。

スタークウェッダーは遮った。「それは信じませんね、はっきり言って。ぼくには人間が変わるとは思えないんです」

「リチャードはそうでした」ミス・ベネットは譲らなかった。

「いや、ちがう、変わったのではないんです」スタークウェッダーは反論した。彼はまたもや部屋を行きつ戻りつしはじめた。「反対なんですよ、絶対に。つまり、ずっと心の底では悪魔だった。彼は常に幸せで成功していなくてはいけない人種だったんです――

—さもないとご存じのとおりだ！　望むような生き方をしている限り、本当の自己を隠しておけます。しかし、その下には、常によどんだ流れがひそんでいたんです」

彼は振り向いて、ミス・ベネットを正面から見すえた。「彼の残酷さは、生来のものだったにちがいない。たぶん、学校時代はガキ大将だったでしょう。もちろん、女性にとっては魅力的だ。女性は常に力のある人間にひかれる。そして猛獣狩りで、そのサディズムをいかんなく発揮したと言えるでしょうね」彼は壁に飾られた狩猟の記念品を手振りで示した。

「リチャード・ウォリックは、怪物のような利己主義者だったにちがいない」と言葉を続けた。「あなた方が口々に語る話を聞いていると、ぼくにはそう思えるんです。かつては善良で懐が深く、成功をおさめた愛すべき人間に自分を仕立て上げ、楽しんでいたんでしょう」スタークウェッダーは落ち着きなく歩き回っていた。「しかし、その奥底に、邪悪な性格がひそんでいた。やがて事故が起きると、仮面はむしりとられ、あなた方の目の前に真実の姿がさらされたんです」

ミス・ベネットは立ち上がった。「あなたがどうしてそういう話をするのか、わかりません」と色をなして叫んだ。「赤の他人で、本当のことは何ひとつ知らないくせに」

「かもしれないが、さんざん聞かされたのでね」スタークウェッダーは言い返した。

「誰も彼もが何かしら理由をつけて、ぼくに打ち明け話をするんですよ」

「ええ、そうなんでしょう。そう、わたしだって、今、あなたにお話ししてますものね」彼女は認め、また腰をおろした。「それというのも、わたしたち、お互いに胸襟を開いて話すことができないからなんです」訴えるように、スタークウェッダーを見上げた。「帰らないでいただけたらうれしいんですけど」

スタークウェッダーはかぶりを振った。「ぼくが力になれることなんて、ひとつもありませんよ、本当に。ぼくはうっかり迷いこんできて、あなた方の代わりに死体を見つけただけなんです」

「でも、リチャードの死体を発見したのは、ローラとわたしですよ」ミス・ベネットは反論した。ちょっと口をつぐんでから、はっとしたようにつけ加えた。「それともローラが――あるいはあなたが――？」彼女は言いさして黙りこんだ。

十八章

スタークウェッダーはミス・ベネットを見て、にっこりした。「あなたは実に鋭いですね？」

ミス・ベネットはまじまじと彼を見つめた。「彼女を助けたんですね？」とたずねたが、それは非難がましい口調だった。

スタークウェッダーは二、三歩彼女から離れた。「あれこれ想像していらっしゃるようだ」

「いえ、ちがいます」ミス・ベネットは反論した。「ローラには幸せになってもらいたいんです。ええ、心から、彼女が幸せになることを祈ってます！」

スタークウェッダーはさっと振り向き、激情をほとばしらせて叫んだ。「冗談じゃない、ぼくだってそうだ！」

ミス・ベネットは驚いて彼を見た。それから、口を開いた。「それでしたら――わたしは——」彼女は言いかけたが、スタークウェッダーに制止された。彼は黙って、と身振りで命じると、ささやいた。「ちょっと待って」彼は急いで両開きドアに歩み寄ると、ドアを開けて呼びかけた。「何をしてるんだね？」

ミス・ベネットもようやくジャンが芝生に出て、拳銃を振り回していることに気づいた。すばやく立ち上がり、彼女もドアに近づいて、切迫した声で呼びかけた。「ジャン！ ジャン！ その銃をこっちに渡しなさい」

だがジャンは彼女よりも敏捷だった。さっと身を翻して、けらけら笑いながら「ここまでおいで」と叫び、逃げだした。ミス・ベネットはそのあとを追いかけながら、必死に叫んだ。「ジャン！ ジャン！」

スタークウェッダーは芝生を見渡して、状況を確認しようとした。それから庭に背を向けて、廊下に通じるドアに向かおうとしたとき、ローラがいきなり部屋に入ってきた。

「警部はどこですの？」彼女はたずねた。

スタークウェッダーはさあ、という仕草をした。ローラはドアを閉め、彼に近づいてきた。「マイケル、わたしの話を聞いてほしいの」彼女は懇願した。「ジュリアンはリチャードを殺さなかったのよ」

「へえ、本当に？」スタークウェッダーはよそよそしく応じた。「彼がそう言っただけだろ？」

「わたしを信じてないのね。でも、本当なの」ローラは追いつめられた口調だった。

「つまり、あなたはそれが本当だと信じているってことだ」スタークウェッダーは指摘した。

「いいえ、本当だって知ってるのよ」ローラは答えた。「だって、あの人、わたしがリチャードを殺したと思っていたんですもの」

スタークウェッダーは両開きドアから離れ、部屋の中に進んでいった。「それはさほど意外じゃないね」彼は苦い笑みを浮かべながら言った。「ぼくだって、そう思ったんだから」

ローラはさらに必死になって言い募った。「あの人は、わたしがリチャードを撃ったと考えていたの。でも、それに対処できなかったのよ。そのせいで彼は――」彼女は言葉を切り、逡巡している様子だったが、また続けた。「わたしに対する気持ちが変化してしまったの」

スタークウェッダーは冷ややかに彼女を見た。「かたや」と彼は言った。「あなたは彼がリチャードを殺したと考えたとき、毛筋一本動かさずに、それを受け入れたわけだ！」ふいに表情を和らげ、笑みを浮かべた。「女というのはすばらしいものだ！」彼はつぶやき、ソファの腕木にすわった。「ファラーが、昨夜ここに来たという身の破滅になりかねない事実を告白したのは、どういうわけなのかな？　純粋に真実に敬意を払ったからだ、なんてたわごとは言わないでくれよ」

「エンジェルのせいだったの」とローラは答えた。「ジュリアンがここに来たところをエンジェルに見られたの——もしかしたら見たと言ってるだけかもしれないけど」

「そうか」スタークウェッダーはいくぶん皮肉っぽい笑い声をあげた。「どうも恐喝のにおいがすると思ったよ。善人とは言えないからな、あのエンジェルってやつは」

「彼が言うには、あのあと——銃声がしたあとで、ジュリアンを見たというの」ローラは説明した。「ああ、怖くてたまらないわ。なんだか追いつめられているみたいで。すごく怖い」

スタークウェッダーは彼女に近づき、両肩に手を置いた。「怖がることはないよ」彼は力づけた。「ちゃんと丸くおさまるさ」

ローラはかぶりを振った。「無理よ」彼女は悲鳴のような声で言った。

「大丈夫、ぼくが保証する」彼は言葉に力をこめ、やさしくローラを揺すった。

彼女は考えこむような目で彼を見た。「誰がリチャードを撃ったのか、いずれはっきりするのかしら？」

スタークウェッダーは何も答えずに彼女を見つめていたが、両開きドアの方に歩いていくと、外の庭に視線をさまよわせた。「ミス・ベネットだが」と彼は言った。「彼女は答えを知っていると自信満々のようだったよ」

「あの人はいつも自信たっぷりなの。でも、まちがうこともあるわ」

外の光景にはっと目を留めて、スタークウェッダーは急いでローラを呼び寄せた。ローラは窓辺に走り寄り、彼の差し出した手を握った。「ほら、ローラ!」と彼は庭に視線を釘付けにしたまま、興奮して叫んだ。「思っていたとおりだ!」

「何なの?」ローラはたずねた。

「しいっ」彼は注意した。ほとんど同時に、ミス・ベネットが廊下から部屋に入ってきた。「ミスター・スタークウェッダー」彼女は息せき切って言った。「隣の部屋に行ってください――警部がそこにいます。急いで!」

スタークウェッダーとローラはすばやく書斎を横切り、廊下に飛び出すとドアを閉めた。二人がいなくなるなり、ミス・ベネットは昼間の光が薄れかけている庭に目を向けた。「さあ、入っていらっしゃい、ジャン」彼女は呼びかけた。「もうわたしをからかわないで。入っていらっしゃい、家にお入りなさい」

十九章

ミス・ベネットはジャンを手招きすると、部屋の中にあとずさり、両開きのガラスドアの片側に立った。ふいにジャンがテラスから姿を現した。反抗的な態度ではあったが、勝利感で顔を上気させている。彼の手には拳銃が握られていた。

「さあ、ジャン、いったいどうやってそれを手に入れたの？」ミス・ベネットはたずねた。

ジャンは部屋に入ってきた。「あんたはすっごく利口なんだと思ってたよ、ベニー」彼はやけにけんか腰だった。「すっごく利口だから、リチャードの銃の棚に鍵をかけたんだろ」と彼は廊下の方にあごをしゃくった。「でも、ぼくは銃器戸棚にあう鍵を見つけたんだ。ほらね、ぼくも銃を持ってる、リチャードみたいにね。これから、いろんな銃をたくさん手に入れるつもりだよ。で、いろんなものを撃つんだ」ジャンはいきなり拳銃を持ち上げて、ミス・ベネットに狙いをつけたので、彼女はぎくりとして身をひいた。「用心しろよ、ベニー」彼はくすくす笑いながら続けた。「あんたを撃つかもしれないからね」

ミス・ベネットはできるだけ怯えた様子を見せないようにしながら、なだめすかすように話しかけた。「ねえ、あなたはそんなことしないでしょ、ジャン、撃ったりしないってわかってるわ」

ジャンは拳銃をミス・ベネットに向けたままでいたが、数秒後、拳銃をおろした。

ミス・ベネットはわずかに肩の力を抜いた。とたんに、ジャンがやさしく、熱のこもった声で叫んだ。「うん、撃たないよ。もちろん、ぼくはそんなことしない」

「そうよ、あなたは何も考えていない子供じゃないもの」とミス・ベネットは確認するように言った。「あなたはもう大人でしょ、ね？」

ジャンは満面の笑顔になった。彼はデスクに歩み寄り、椅子にすわった。「うん、ぼくは大人だよ」彼は認めた。「リチャードが死んだから、ぼくは家でただ一人の男なんだ」

「だからこそ、あなたがわたしを撃つことはないとわかっていたのよ。撃つのは敵だけでしょ」

「そうさ」ジャンはうれしそうだった。

言葉を選んでいるかのように、とても慎重にミス・ベネットは切り出した。「戦争中、レジスタンスに加わっていた人は、敵を殺すたびに拳銃に刻み目をつけたのよ」

「本当なの？」ジャンは拳銃をためつすがめつしながらたずねた。「本当にそんなことしたの？」期待のこもった目をミス・ベネットに向けた。「刻み目をいっぱいつけてた人もいた？」

「ええ」彼女は答えた。「なかには、とてもたくさんの刻み目をつけてた人がいたわ」

ジャンは上機嫌でげらげら笑った。「すっごく楽しいだろうな！」彼は叫んだ。

「もちろん」とミス・ベネットは言葉を続けた。「生き物を殺すことが嫌いな人もいるわ――でも、好きな人もいるのよ」

「リチャードは好きだったよ」ジャンは思い出させた。

「ええ、リチャードはいろいろなものを殺すのが好きだった」ミス・ベネットは認めた。さりげなくジャンから顔をそむけ、こうつけ加えた。「あなたも殺すのが好きなんでしょ、ジャン？」

彼女に見られていないと思って、ジャンはポケットからペンナイフをとりだすと、拳銃に刻み目をつけはじめた。「殺すのって、わくわくするからね」彼はいくぶんすねたように言った。

ミス・ベネットは振り向いて彼と向き合った。「リチャードに施設に入れられたくなかったんでしょ、ジャン？」彼女は感情を抑えた声でたずねた。

「ぼくを施設に入れるって言ったんだよ」ジャンは憤慨して訴えた。「あいつはけだものだ！」

ミス・ベネットは、ジャンがすわっているデスクの椅子の背後から近づいていった。

「いつかリチャードに言ったことがあったわね」と思い出させた。「ぼくを施設に入れるなら殺してやる、って」

「そうだった？」ジャンはたずねた。泰然とした無頓着な口調だった。

「でも、彼を殺さなかったんでしょ？」ミス・ベネットはたずねたが、その抑揚のせいで質問とも断定ともとれる言い方だった。

「うん、そうさ、殺さなかった」またも、ジャンは無関心に応じた。

「ずいぶん弱虫だったのね」とミス・ベネットは意見を言った。

「そうかな？」と応じたジャンの目には、狡猾(こうかつ)な表情が宿っていた。

「ええ、そう思うわ。殺してやると口に出しておいて、実行しないんですもの」ミス・ベネットはデスクを一周したが、視線はドアに向けられていた。「誰かがわたしを閉じこめると脅したら、わたしはその人間を殺したいと思うわ。そして、実行だってするでしょう」

「他のやつがやったなんて、誰が言ったの？」とジャンはすばやく反論した。「もしかしたら、ぼくだったのかもよ」

「あら、まさか、あなたじゃないわよ」ミス・ベネットは否定した。「あなたはまだ子供だもの。そんな勇気はないわ」

ジャンはさっと立ち上がると、彼女からあとずさった。「ぼくにそれだけの勇気がないと思ってるの？」彼の声は悲鳴のようだった。「そう考えてるんだね？」

「もちろん、そう思ってるわ」いまや彼女はわざとジャンの怒りを煽っているかのようだった。「もちろん、あなたにはリチャードを殺せるはずがない。そんなことをするにはとても勇気が必要だし、大人じゃなければ無理だもの」

ジャンは彼女に背を向けてすたすた歩きだした。「あんたは何もかも知ってるわけじゃないよ、ベニー」傷ついたかのような口ぶりだった。「ああ、ベニーばあさん。あんたはすべてを知ってるわけじゃないんだよ」

「わたしの知らないことがあるの？」ミス・ベネットはたずねた。「わたしを嘲笑ってるの、ジャン？」さりげなく、彼女は部屋のドアをわずかに開けた。ジャンは両開きドアのそばに立っていた。ガラスドアからは沈みかけた太陽の光が射しこんできて、部屋を照らしている。

「そう、そうだよ、笑ってるとも」ジャンはいきなり声を張り上げた。「あんたを嘲笑(あざわら)ってるんだ。だって、あんたよりぼくの方がずっと頭がいいからさ」

ジャンはこちらに戻ってきた。ミス・ベネットは思わずぎくりとして、ドア枠にしがみついた。ジャンは一歩彼女に詰めよった。「ぼくは、あんたが知らないことを知ってるんだ」と言った声は、さっきよりも冷静になっていた。

「わたしの知らない何を知ってるって言うの?」ミス・ベネットはたずねた。彼女は、あまり不安気な口調にならないように必死だった。

ジャンは返事をせず、ただ謎めいた微笑を浮かべただけだった。ミス・ベネットは彼に近づいていった。「話してくれないの?」相手を懐柔するように繰り返した。「わたしを信頼して秘密を打ち明けてくれない?」

ジャンはさっと彼女から身をひいた。「誰も信用してないんだ」苦々しげだった。

ミス・ベネットは当惑した口調になった。「あら、そうなの」とつぶやいた。「もしかしたら、あなたはとても頭がいいのかもしれない」

ジャンはくすくす笑った。「ようやく、ぼくがどんなに賢いか、わかりかけてきたんだね」

彼女は値踏みするようにジャンを眺めた。「たぶん、あなたには、わたしの知らないことがたくさんあるのね」

「うん、すっごくたくさん」ジャンは肯定した。「それに、ぼくは他の連中のことをいろいろ知ってる。だけど、いつも口に出すとは限らない。夜中に起きて、こっそり家の中を歩き回ることもあるんだ。いろんなことを目にするし、いろんなことを発見する。だけど、しゃべらないんだ」

共謀者めいた口調で、ミス・ベネットはたずねた。「今、大きな秘密を手に入れたの？」

ジャンはスツールをまたいですわった。「大きな秘密！　大きな秘密！」キイキイ声ではしゃいだ。「あんたが知ったら、震え上がるだろうね」彼はヒステリックな笑い声をあげた。

ミス・ベネットは彼に近づいていった。「そうなの？　怖がるようなことなの？　あ、い、い、あなたのことをわたしが怖がるの、ジャン？」ジャンの正面に立つと、彼をまじろぎもせずに見つめた。

ジャンは彼女の顔を見上げた。歓喜の表情がすっと消え、とても真剣な声で答えた。

「うん、ぼくを怖がるだろうな」

ミス・ベネットはなおも揺るがぬ視線を彼に注ぎ続けた。「わたし、あなたの本当の姿を知らなかったみたいね」と彼女は認めた。「ようやく、あなたが本当はどんな人間かわかりかけてきたわ、ジャン」

明らかに、ジャンは感情の起伏が激しくなりかけていた。ますます高ぶった声で叫んだ。「ぼくの本当の姿なんて、誰も知らないよ。ぼくに何がやれるかってこともね」彼はスツールにすわったままぐるっと回り、ミス・ベネットに背中を向けた。「馬鹿な老いぼれリチャード、あそこにすわって、馬鹿な老いぼれ鳥を撃ってさ」彼はミス・ベネットに向き直ると、熱心に言葉を継いだ。「あいつは自分が誰かに撃たれるなんて、考えてもみなかったんだよね？」

「そうね」と彼女は相づちを打った。「ええ、それが失敗だったわね」

ジャンは立ち上がった。「うん、それが失敗だったのさ」と賛成した。「ぼくを施設に入れられると思っていたんだろ？　ぼくは思い知らせてやったんだ」

「そうだったの？」ミス・ベネットはたたみかけるようにたずねた。「どうやって思い知らせたの？」

ジャンは小賢しい目つきで相手をじろっと見た。しばらく無言だったが、やがてこう言った。「教えてやらない」

「あら、教えてちょうだい、ジャン」彼女はせがんだ。

「だめだ」彼は拒絶すると、彼女から離れていった。肘掛け椅子に近づいてすわりこみ、拳銃を頬にあてがう。「だめ、誰にも教えない」

ミス・ベネットは彼の方に歩を運んだ。「それが正しいやり方かもしれないわね。あなたのやったことは想像がつくけど、言わないでおきましょう。それはあなたの秘密なんでしょ？」

「うん、ぼくの秘密さ」ジャンは答えた。ジャンは部屋じゅうをそわそわと歩きはじめた。「ぼくが本当はどんな人間だか、誰も知らないのさ」彼は激昂して叫んだ。「ぼくは危険だ。用心した方がいいぞ。みんな、用心しろ。ぼくは危険なんだ」

ミス・ベネットは彼を悲しげに見つめた。「リチャードはあなたがどんなに危険か、知らなかったのね。さぞ驚いたことでしょう」

ジャンは肘掛け椅子にまた戻っていき、椅子をのぞきこんだ。「そうだね。驚いてたよ」彼は認めた。「ぽかんとした顔になった。それから――頭ががくっと前のめりになった。血が噴き出して、もうぴくりとも動かなくなった。ぼくはわからせてやったんだ。思い知らせてやったのさ！　これでもう、リチャードはぼくを施設に入れられないよ！」

彼はソファの片隅にすわり、ミス・ベネットに向かって拳銃を振り回した。彼女は必死で涙をこらえていた。「見ろよ」ジャンは彼女に命じた。「見て。ほらね？　ぼく、拳銃に刻み目をつけたんだよ！」彼はナイフで拳銃をたたいた。

「そうだったの！」ミス・ベネットは叫び、彼に近づいていった。「すごいわね」拳銃をつかもうとしたが、彼の方がすばやかった。

「ああ、だめだめ」ジャンは叫び、さっと彼女から身を翻した。「誰にもぼくの拳銃を渡すものか。警察が来て逮捕しようとしたら、やつらを撃ってやる」

「そんなことをする必要はないのよ」ミス・ベネットは安心させた。「全然、心配いらないわ。あなたは利口だもの。あなたはとても賢いから、警察は疑いもしないわよ」

「まぬけな警察め！　まぬけな警察め！」ジャンは楽しげに叫んだ。「それに馬鹿な老いぼれリチャード」ジャンは想像上のリチャードに向かって拳銃を振り立てていたが、そのときドアが開いたのに気づいた。あせって悲鳴をあげ、急いで庭に逃げ出した。ミス・ベネットがソファに倒れこんで涙にむせんでいると、トマス警部がキャドワラダー部長刑事を従えて足早に部屋に入ってきた。

二十章

「やつを追え！ 急げ！」部屋に駆けこんでくると、警部はキャドワラダーに命じた。部長刑事がガラスの両開きドアからテラスに飛び出していったとき、スタークウェッダーが廊下から部屋に走りこんできた。彼に続いてローラも現れ、彼女はガラスドアに走り寄って外を見た。さらにエンジェルが姿を見せた。彼もガラスドアに歩み寄った。老ミセス・ウォリックは、彫像のようにドアのそばに立ち尽くしていた。

トマス警部はミス・ベネットの方を向いた。「ほら、ほら、元気を出して」彼は慰めた。「そんなに嘆かないでください。あなたはとてもよくやってくれました」

ひび割れた声で、ミス・ベネットは答えた。「ずっと知ってたんです」と警部に打ち明けた。「だって、わたしは誰よりもジャンのことをよく理解していますから。リチャードが彼を追いつめていることを知っていました。それに、わかっていたんです――しばらく前から――ジャンがどんどん危険になってきていることも」

「ジャン！」ローラが叫んだ。深い苦悩もあらわに、ため息をつきながら言った。「ああ、まさか、ああ、ジャンがそんなことするわけないわ」彼女はデスクの椅子にすわりこんだ。「信じられない」としゃがれた声でつぶやいた。

ミセス・ウォリックはミス・ベネットをにらみつけた。「どうしてこんな真似ができたの、ベニー？」彼女は非難した。「どうしてこんな真似を？　少なくとも、おまえは忠実な人間だと思っていました」

ミス・ベネットの答えは挑戦的だった。「ときには、真実の方が、忠義よりも大切なことがあります。あなたは——いえ、みんな——ジャンが危険になりかけていることに気づかなかった。彼は愛すべき子です——やさしい子です——でも——」悲嘆に打ちのめされ、彼女は先を続けられなくなった。

ミセス・ウォリックはゆっくりと悲しげに肘掛け椅子に移動していき、腰をおろすと宙に視線をさまよわせた。

静かな声で、警部はミス・ベネットの思いを代弁した。「だが、ある年齢を過ぎると、厄介な問題が起きてくることがあります。自分の行動を制御できなくなることがあるからです」彼は説明した。「大人としての判断力や自制心を忘れてしまうこともあるのです」警部はミセス・ウォリックのそばに近づいていった。「あまり悲しまないでください、奥さん。わたしの責任において、彼が人道的に思いやりを持って扱われることをお約束しますよ。これは無罪になる事件だと思います、彼は自分の行動に対して責任能力がないのですからね。結果として、快適な環境で拘禁されることになるでしょう。それに、おわかりでしょうが、遅かれ早かれ、そうなる運命だったのです」彼はきびすを返して部屋を突っ切り、さっき入ってきた廊下側のドアを閉めた。

「ええ、そうですね、警部さんのおっしゃるとおりだと思います」ミセス・ウォリックは認めた。彼女はミス・ベネットの方を向いた。「すまなかったね、ベニー。あの子が危険なことを誰も知らなかった、と言ってましたね。それは本当じゃありませんよ。わたくしは知っていました――でも、それに対して手だてを講じようとはしなかったのです」

「誰かが何かするべきだったんです！」ベニーは激しく言った。部屋はしんと静まりかえったが、全員が緊張を募らせながら、キャドワラダー部長刑事がジャンを確保して戻ってくるのを待った。

家から二、三百メートル離れた道路際で、濃くなりはじめた霧の中、部長刑事はジャンを高い塀の前に追いつめていた。ジャンは拳銃をちらつかせて、わめいた。「これ以上近づくな。誰もぼくを閉じこめられない。おまえを撃つぞ。本気だからな。ぼくには怖いものなんてないんだ！」

部長刑事は六、七メートル手前で立ち止まった。「さあ、こっちにおいで、坊や」彼はなだめるように話しかけた。「誰もきみを傷つけたりしないよ。だが、拳銃は危ない道具なんだ。ねえ、それをわたしに渡して、いっしょに家に戻ろう。ご家族に相談すれば、みんな、助けてくれるよ」

数歩ジャンに近づいたが、少年がヒステリックに叫んだので足を止めた。「本気だぞ。おまえを撃つぞ。警官なんてどうってことないさ。おまえなんて怖くないよ」

「もちろん、そうだろう」部長刑事は言った。「わたしを怖がる理由なんてないからね。わたしはきみを傷つけるつもりはない。ただ、いっしょに家に戻ってほしいだけなんだよ。おいで、さあ」また、一歩進んだが、ジャンは拳銃を上げて、すばやく二発発射した。最初の弾は大きくそれたが、二発目はキャドワラダーの左手に命中した。彼は苦悶の悲鳴をあげながらも、ジャンに走り寄って彼を地面にねじ伏せ、拳銃をとりあげようとした。もみあっている最中に、ふいに拳銃が暴発した。ジャンはひゅっと息を吸いこむと、それきり黙りこんだ。

おののきながら、部長刑事は少年のかたわらにひざまずき、信じられない思いで見下ろした。「ああ、まさかそんな」彼はつぶやいた。「なんて哀れで愚かな少年なんだ。

だめだ！　死んではならない。ああ、お願いです、神様――」彼はジャンの脈を探り、ゆっくりと首を振った。立ち上がると、そろそろと二、三歩あとずさった。そのとき初めて、手からひどく出血していることに気づいた。ハンカチーフを手に巻きつけると、左腕を高く上げ、痛みにあえぎながら家まで走り戻った。

両開きドアのところにたどり着いたときには、足がよろめいていた。「警部！」彼が呼びかけると、警部と他の人々がどっとテラスに飛び出してきた。

「いったい何があったんだ？」警部がたずねた。

苦しげな息づかいで、部長刑事は答えた。「恐ろしいことを報告しなくてはなりません」スタークウェッダーが彼を支えて部屋に連れていくと、部長刑事はよろよろとスツールに近づいて腰をおろした。

警部がすばやく部下のそばに歩み寄った。「きみの手！」彼は叫んだ。

「わたしが見ましょう」スタークウェッダーが言った。彼はキャドワラダー部長刑事の腕をつかんで、ぐっしょりと血に濡れた布をはがすと、自分のポケットからハンカチーフをとりだしてその手に巻きつけはじめた。

「霧が濃くなりはじめていました」とキャドワラダーは説明を始めた。「視界がきかなかったのです。彼はわたしを撃ちました。そこの道路際の木立のはずれあたりです」

恐怖に顔をひきつらせ、ローラは立ち上がるとガラスドアに近づいていった。

「二度、発砲しました」部長刑事は説明を続けた。「二発目が手に命中したんです」

ミス・ベネットはいきなり立ち上がり、口に手を押し当てた。「彼から拳銃を奪おうとしました」部長刑事は続けた。「でも、手が自由に動かせなくて。おわかりでしょう――」

「ああ。それで何が起きた？」警部が促した。

「彼の指が引き金にかかっていたんです」部長刑事は唾を飲みこんだ。「すると銃が暴発して。心臓を撃ち抜かれました。即死でした」

二十一章

キャドワラダー部長刑事の報告に、部屋は水を打ったように静まりかえった。ローラは片手を口にあてがい悲鳴を押し殺すと、ゆっくりとデスクの椅子に近づいていきすわりこみ、床に視線を落とした。ミセス・ウォリックはうなだれ、杖にもたれた。スタークウェッダーは茫然としたように部屋を歩き回っていた。

「亡くなったのは確かなのか？」警部が質問した。

「まちがいありません」部長刑事は答えた。「気の毒な少年です、わたしを脅しつけながら、まるで銃を撃つのが大好きだと言わんばかりに拳銃を発砲したのです」

警部は両開きドアに歩み寄った。「彼はどこにいるんだ？」

「現場まで、ご案内します」部長刑事はどうにか立ち上がろうとした。

「いや、きみはここにいた方がいい」

「いいえ、もう大丈夫です」部長刑事は言い張った。「署に戻るまでは持ちこたえられますよ」彼はかすかにふらつきながらテラスに出ていった。振り返って、室内の人々を悲哀に満ちた目で眺めると、力なくつぶやいた。『人は亡くなれば、もはや恐れることが何もなくなる』。ポープです。アレグザンダー・ポープ（『道徳論集』より）」彼は頭を振ると、重い足どりで歩み去った。

警部は振り返って、ミセス・ウォリックや他の人々を見渡した。「まことに残念なことで、どう申し上げたらいいか。しかし、おそらくこれが最善の解決だったのでしょう」彼は言うと、部長刑事を追って庭に出ていった。

ミセス・ウォリックは彼を見送っていた。「最善の解決だなんて！」半ば憤慨し、半ば絶望しながら言った。

「ええ、そうですよ」ミス・ベネットが嘆息した。「いちばんいい終わり方だったんです。もう苦しむことはないんですもの、かわいそうな子」彼女は手を貸してミセス・ウォリックを立ち上がらせた。「さあ、奥さま、まいりましょう、お体に差し障ります」

老婦人は家政婦にぼんやりと目を向けた。「そうね――ちょっと横になりましょう」つぶやくと、ミス・ベネットに支えられてドアに向かった。スタークウェッダーは二人のためにドアを開け、それからポケットから封筒をとりだして、ミセス・ウォリックに差し出した。「これはお返しした方がいいと思いますので」と彼は言った。

彼女はドアのところで振り向き、封筒を受けとった。「そうですね」と夫人は言った。「ええ、もうこれの出番はありませんから」

ミセス・ウォリックとミス・ベネットは部屋を出ていった。スタークウェッダーはドアを閉めかけて、エンジェルがデスクの前にすわっているローラに近づいていくのに気づいた。彼女は、従僕がそばに来ても顔を上げようとしなかった。

「どうか、奥さま」とエンジェルは話しかけた。「心からのお悔やみを申し上げさせてください。もしわたしにできることがあれば、何でも――」

顔を上げずに、ローラは彼の言葉を遮った。「もうあなたから助けてもらう必要はありません、エンジェル」彼女は冷淡に言い放った。「お給金の小切手を差し上げますから、できたら今日、この家を出ていっていただきたいわ」

「承知しました、奥さま。ありがとうございます、奥さま」エンジェルは感情のこもらない声で答えると、きびすを返して部屋を出ていった。スタークウェッダーはドアを閉めた。いまや部屋はぐんぐん暗くなり、最後の日の光が壁に影を投げかけていた。

スタークウェッダーはローラに視線を向けた。「彼を恐喝で告訴するつもりはないんだね？」

「ええ」ローラはなげやりに答えた。

「残念だな」彼はローラに歩み寄った。「さて、そろそろ失礼した方がよさそうだ。さよならを言わなくては」彼は言葉を切った。ローラは相変わらず顔を上げようとしなかった。「あまり思いつめないようにね」彼はつけ加えた。

「もう思いつめているわ」ローラは感情を高ぶらせて言った。

「あの少年を愛していたから？」スタークウェッダーはたずねた。

彼女はさっと振り向いた。「ええ、そうよ。それに、わたしの過ちだから。わかるでしょ、リチャードは正しかったの。かわいそうなジャンは、どこかの施設に入れるべきだったのよ。他人に危害を加えないように配慮するべきだった。そうさせまいとしたのは、このわたしだわ。だから、実際にはリチャードが殺されたのは、わたしのせいだったのよ」

「おい、いい加減にしろよ、ローラ、感傷的になるのはやめるんだ」スタークウェッダーはいささか乱暴にいさめた。彼はローラのそばに近づいていった。「リチャードが殺されたのは、自ら招いたことだったんだよ。少年にありきたりの親切心を見せてやることぐらいできたはずだろう？　自分を責めるのはよしたまえ。今、あなたがしなくてはならないのは、幸せになることだ。末永く幸せにね、おとぎ話のように」

「幸せ？　ジュリアンと？」ローラは苦渋のにじんだ声で反問した。「無理よ！」と顔をしかめた。「もう、前とは同じじゃないもの」

「つまり、ファラーとあなたの関係がってこと?」

「そうよ。だって、わたしはジュリアンがリチャードを殺したと思っていたときも、気持ちはちっとも変わらなかった。同じように彼を愛していたわ」ローラはいったん言葉を切ってから、先を続けた。「自分がやったと、進んで名乗り出るつもりですらいたの」

「それは知ってるよ」スタークウェッダーは言った。「愚かな真似を。どうして女っていうのは、殉教者になって楽しむんだろう!」

「でも、ジュリアンはわたしがやったと考えて」とローラは熱っぽく続けた。「変わったのよ。わたしに対する気持ちがすっかり変化したの。たしかに礼儀正しくふるまって、わたしに罪を負わせまいとはしたわ。でもそれだけ」彼女は意気消沈したように片手で顎を支えた。「あの人は、もはや同じ気持ちではいられなかった」

スタークウェッダーは首を振った。「ねえ、いいかい、ローラ」と彼は話しかけた。「男と女は同じようには反応できないんだ。つきつめると、こういうことだ。男は実は繊細な動物なんだ。女はタフだ。男は殺人を眉ひとつ動かさずに受け入れることはできない。明らかに女はできる。実際、もし男が女のために殺人を犯したとしたら、たぶん女にとって男の価値はいっそう高まるだろう。だが男は別の感じ方をするんだ」

ローラは彼を見上げた。「あなたはそういうふうに感じなかったでしょ」彼女は言った。「あなたの場合はわたしがリチャードを撃った犯人だと考えて、助けてくださった」

「それは話がちがう」とスタークウェッダーはすぐさま言った。少々あわてたような口ぶりだった。「助けないわけにいかなかったんだ」

「どうして?」ローラはたずねた。

スタークウェッダーはすぐに答えなかった。しばらくして、彼は静かな声で言った。

「まだ今でも、あなたを助けたいと思っているよ」

「わからないかしら」ローラは彼から顔をそむけた。「わたしたちは出発点に戻ったのよ。ある意味で、リチャードを殺したのはわたしなの。なぜって——なぜって、ジャンのことで、とても強情だったから」

スタークウェッダーはスツールを運んでいって、彼女のそばにすわった。「実はそれがあなたの心を蝕んでいるんだね、そうなんだろ?」彼は断定した。「リチャードを撃ったのがジャンだと判明したせいで。しかし、必ずしもそれは真実じゃないかもしれない。気に入らないなら、そう考える必要はないんだ」

ローラは目をみはって彼を見つめた。「どうしてそんなことが言えるの？」彼女はたずねた。「わたしは聞いたわ——全員が聞いたのよ——あの子が犯行を認めたのを——それを自慢しているのを」

「ああ、そのとおりだ」スタークウェッダーは言った。「うん、それは知ってるよ。しかし、暗示の力ってものを知ってるかい？ ミス・ベネットはジャンを実に慎重に導き、彼をすっかり興奮させた。しかもあの子はきわめて暗示にかかりやすい。彼はその考えが気に入った。多くの思春期の少年がそうだろうが、力を手にすること——そう、言うなれば殺人者になることがね。ベニーは彼の鼻先にえさをぶらさげ、彼はそれに飛びついたんだ。リチャードを撃ったら、銃に刻み目をつけ、英雄になれるとね！」彼は言葉を切った。「しかし、あなたには——あるいは誰にも——彼の言ったことが本当かどうかわからないんだよ」

「でも、なんといっても、部長刑事を撃ったわ！」ローラは反論した。

「ああ、そうとも。彼は一歩まちがえば殺人者になる可能性があった！」スタークウェッダーは認めた。「リチャードを撃った可能性もおおいにある。しかし、たしかに撃ったとは言えない。もしかしたら——」彼は口ごもった。「別の誰かの仕業かもしれない」

たげだった。

ローラは疑わしげに相手を見た。「だけど、誰なの?」ローラは信じられないと言いたげだった。

スタークウェッダーはちょっと考えこんだ。やがて「ミス・ベネットかもしれない」と推測した。「というのも、彼女はあなたがとても好きだったので、これがいちばんいい方法だと判断したのかもしれない。あるいは、それを言うなら、老ミセス・ウォリックかな。さもなければ、ボーイフレンドのジュリアン――あとから、あなたがやったと考えているふりをしたんだ。実に巧妙な手だったな、あなたをまんまとだませたんだから」

ローラは顔をそむけた。「ただ、わたしを慰めようとしているだけなのよ」となじった。「ご自分でも、その話を信じていらっしゃらないでしょ」

スタークウェッダーはすっかり腹を立てたようだった。「いいかい、ローラ」と語気を強めた。「誰がリチャードを撃ってもおかしくないんだ。マグレガーですら」

「マグレガーですって?」彼女は目を丸くした。「でも、マグレガーは死んでるわ」

「むろん、死んでいる」とスタークウェッダーは応じた。「そうせざるをえなかったからだ」彼は立ち上がるとソファに近づいていった。「ちょっと聞いてくれ」と話を進めた。「マグレガーが殺人者だった、という場合の筋書きを描いてみせるよ。幼いわが子が殺された事故の復讐のために、リチャードを殺すことを決意したとしよう」彼はソファの腕木にすわった。「彼はどうするだろう？　そう、まず最初に自分の身元を消滅させなくてはならない。アラスカの僻地で死亡届が出されるように手配するのは、さほどむずかしくないだろう。むろん、多少の金と偽の証言が必要だろうが、そういうことはどうにかできるものだ。それから、名前を変え、別の国で、別の仕事につき、新しい身元を作りはじめる」

ローラはしばらく彼を見つめていたが、デスクを離れて肘掛け椅子にすわった。目をつぶって深く息を吸いこむと、また目を開いて彼をじっと見つめた。

スタークウェッダーは推論を語り続けた。「彼はこの家で起きていることについて常に情報を得るようにし、あなたたちがノーフォークから引っ越して、こっちに来たと知ると、計画を練りはじめる。顎髭を剃り、髪を染め、といった準備をする、当然だがね。そして、霧の深い夜、ここにやって来る。さて、こういうふうに事態は進んだと仮定してみよう」と彼は歩いていって、両開きドアのそばに立った。「マグレガーがリチャードにこう言ったとする、『ぼくは拳銃を持ってる、きみもそうだ。三つ数えるから、同時に発砲しよう。ぼくは息子の死に報復するためにここに来たんだ』」

ローラは息を呑み、彼に視線をすえていた。

「はっきり言って」とスタークウェッダーは話を続けた。「ご主人は、あなたが考えているほどりっぱなスポーツマンシップのある人間だとは思えないんだ。三つ数えるまで待たなかったんじゃないかと思うよ。彼は射撃の腕が非常にいいらしいが、今回はしくじる。そして弾丸はこっちに飛び出していく」——彼はテラスに出ていきながら手振りで示した——「他にもたくさんの銃弾が散らばっている庭にね。しかし、マグレガーは狙いをはずさない。引き金をひいて、彼を殺す」スタークウェッダーは部屋に戻ってきた。「死体のそばに自分の拳銃を放りだし、リチャードの銃をとり、窓から外に出ていく。そして、すぐに戻ってくる」

「戻ってくる?」ローラはたずねた。「なぜ戻ってくるの?」

スタークウェッダーはしばらく何も言わずに彼女を見つめていた。やがて、深呼吸をしてから、たずねた。「想像がつかないかな?」

ローラは不思議そうに彼を見て、かぶりを振った。「いいえ、見当もつかないわ」

彼は食い入るように彼女を見つめ続けた。しばらくして重い口を開き、ゆっくりと言った。「じゃあ、マグレガーが車で事故を起こし、ここから逃げられなかったとしたらどうだろう。他にどうできたかな? ひとつしか道はない——家にやって来て、自ら死体を発見するんだ!」

「あなたの口ぶりだと——」ローラはうわずった声を出した。「まるで実際に起きたことを知っているみたいね」

スタークウェッダーはもはや自分を抑えられなかった。「当然、知ってるとも」彼は激した口調になった。「わからないのか？　ぼくがマグレガーなんだよ！」彼はカーテンに寄りかかり、絶望したように頭を振った。

ローラは立ち上がったが、その顔には不信の表情がありありと浮かんでいた。ためらいがちに腕を差しのべながら彼に近づいていったが、相手の言葉が十分に理解できないようだった。「あなたは——」彼女はささやいた。「あなたは——」

スタークウェッダーはゆっくりとローラの方に歩を進めた。「こんなことが起きるとは思ってもいなかったんだ」彼は感情をたぎらせながら、かすれた声で言った。「本当だ——あなたに出会って、あなたに恋をしていることに気づき、それで——ああ、なんてことだ、絶望的だ。希望はない」ローラが茫然として彼を凝視していると、スタークウェッダーは彼女の手をとり、手のひらに口づけした。「さようなら、ローラ」くぐもった声で言った。

彼はすばやく両開きドアから出て、霧の中に姿を消した。ローラはテラスに走り出て、呼びかけた。「待って——待ってちょうだい。戻ってきて！」

霧が渦巻き、ブリストル海峡の霧笛が鳴りはじめた。「戻ってきて、マイケル、戻ってきて！」ローラは繰り返した。返事はなかった。「戻ってきて、マイケル」もう一度叫んだ。「お願いだから戻ってきて！　わたしもあなたが好きなの」

ローラは必死で耳を澄ましたが、車がエンジンをかけて走り去っていく音が聞こえただけだった。霧笛は絶え間なく鳴り続け、彼女はガラスドアに力なくもたれると、こらえきれずにむせび泣きはじめた。

解　説

小説版は『招かれざる客』の謎を解いてくれるか？

ミステリ研究家
小山　正

〈ご注意ください！〉ネタバレはありませんが、文中で『招かれざる客』の物語・展開に触れます。詳しい内容をご存じでない方は、本書の鑑賞後に読むことをお勧めします。

1　霧の中のミステリ

霧で始まり、霧で終わる——。

登場人物たちは嘘と欺瞞（ぎまん）の迷霧を彷徨（さまよ）い、観客もまた結末に惑い、嘆息するのみだ。

アガサ・クリスティーの戯曲『招かれざる客』（一九五八）は、彼女のミステリ劇の中でも一筋縄ではいかない問題作である。他の戯曲、例えば『ねずみとり』（一九五二）や『蜘蛛の巣』（一九五四）のような明るいコージー風の殺人劇ではなく、全篇を通じて肌寒く、重い空気が漂っている。結末では「真相」が明らかになるものの、鑑賞後の余韻を拒否するかのように、いくつかの疑問が湧き上がってくる。

そもそも被害者リチャードを銃で撃ったのは誰だったのか？　事件に介入するスタークウェッダーとは何者なのか？　そして、主人公ローラにとって、〈愛〉とはなんだったのか？——

物語が終わっても、次々と浮かび上がる謎。しかし、クリスティーは黙して語らない。終わっても終わらない挑発的なミステリなのだ。そういえば発表前の一時期、この戯曲の仮題は"Fog"（霧）だった。

本書は、そんな問題作『招かれざる客』の小説版である。戯曲を味わう上でも、そして、霧の中に秘められた謎に迫るためにも、本書は新たなガイドになるかもしれない。

2　戯曲版をおさらいすると——

小説版『招かれざる客』の読みどころを早速記したいところだが、その前に、もとになる戯曲の基本事項を整理しておきたい。クリスティー・ファンの方々や、劇場で芝居を鑑賞済みの人、戯曲の既読者にとっては、ご存じの情報ばかりかもしれないが、せっかくだから簡単にまとめておこう。

クリスティーが『招かれざる客』を脱稿したのは、一九五八年。当時彼女は作家として円熟期を迎え、次々と傑作を上梓していた。メアリー・ウェストマコット名義の集大成『愛の重さ』（一九五六）。ミス・マープル物の名作『パディントン発4時50分』（一九五七）。一九五〇年代の最高傑作と評価が高い『無実はさいなむ』（一九五八）。珍しく学校が舞台のポアロ物『鳩のなかの猫』（一九五九）。クリスティーの幻想怪奇趣味が炸裂した『蒼ざめた馬』（一九六一）。

彼女は戯曲の執筆にも熱心だった。今もロンドンで公演が続く『ねずみとり』や、『検察側の証人』（一九五三）、『蜘蛛の巣』、『評決』（一九五八）もこの頃の作品。劇作家としても絶好調だった。特に『評決』はクリスティーのお気に入りの一本だ。だが、『評決』は興行的に失敗した。『ねずみとり』『蜘蛛の巣』のような楽しさが無く、観客の望む純粋なミステリ劇ではなかったのだ。集客は伸びず、劇評も散々。公演は一ヶ月で打ち切られた。

『評決』は、理想主義者の犯罪と葛藤を描いたシリアスなドラマである。主人公の大学教授は、自分の理想のためには、周囲の人間や愛する妻の犠牲も辞さない。人間の良心と罪の意識を問う硬派な異色作として、今では評価が高いけれど、当時は惨憺たるものだった。

おそらくクリスティーはこの時期、ミステリのさらなる可能性に挑みつつ、深い人間洞察に基づく新たな犯罪ドラマを模索していたのだろう。そういえば、『評決』と同じ年に刊行された『無実はさいなむ』も、同じような理想主義者の欺瞞を扱う長篇だった。とはいえ興行的な失敗を挽回する必要もあり、クリスティーは急ぎ新作戯曲を執筆する。かくして『評決』の公演終了後、わずか一ヶ月間で書き上げたのが、オリジナルの新作戯曲『招かれざる客』だった。

なんとまあ、一ヶ月！　凄まじい神業！――と思っていたのだが、実はそうでもないらしい。近年は研究が進み、クリスティーに関する研究文献や関係書籍が数多く刊行され、彼女の執筆状況が詳しく分かるようになった。例えば、戯曲に特化した研究書 *Curtain Up/Agatha Christie : A Life in the Theatre*（幕が開く／アガサ・クリスティー 劇場の人生）（ジュリアス・グリーン著／二〇一五／ハーパーコリンズ刊／未訳）もそんな一冊で、この本には『招かれざる客』が完成するまでの経緯が載っている。

例えば、クリスティーの創作ノート（通称「秘密ノート」）の未公開部分を紐解くと、『招かれざる客』の構想は一九五〇年代の初頭から始まり、約八年をかけて執筆されたことが分かるという。一ヶ月とは仕上げに要した時間であって、火事場の馬鹿力で書いた訳ではなく、充分に練られた上で発表されたのだ。前述の通り、タイトルが一時期"Fog"(霧)であった旨も、「秘密ノート」に記されているそうだ。

また、*Curtain Up* には、『招かれざる客』とクリスティーの過去作品との関係も論じられている。例えば、死んだ夫のそばで妻が銃を片手に立っている、という冒頭のシーンは、『ホロー荘の殺人』(一九四六)でも使われた設定だが、『招かれざる客』はそれをより複雑に作り込んでいるという。さらに、犯罪現場に第三者が乱入し、犯人捜しに深く関わってくるという状況も、既に『ねずみとり』で用いられていた、と指摘している。確かに『ねずみとり』では、登場人物のミスター・パラビチーニが大雪で迷い、マンクスウェル山荘にたどり着く。彼は自らを「招かれざる客」と皮肉交じりに自己紹介し、事件に関わってゆく。『招かれざる客』ではこの第三者の役割が、より劇的に再構築されている旨を、*Curtain Up* の著者は分析している。

言われてみればその通りだ。『招かれざる客』の巻頭で二人が出会う場面は、この作品の白眉といえる。銃を握って死んだ夫リチャードの傍らで茫然としていた妻ローラが、霧の中で車を脱輪させ、助けを求めて屋敷に来た客人スタークウェッダーと出会い、真の容疑者について検証するくだりは、緊迫感といい、会話の妙といい、ロジックの面白さといい、クリスティーの作品の中でも卓越したディスカッション・ドラマだと思う。

しかも *Curtain Up* によれば、現在流布している戯曲の決定稿とは違う「初稿」が残されていて、そのラストシーンではローラとスタークウェッダーとの愛がより濃密に描かれている、というのだから、驚きである。

とまあ、こうしたマニアックな事実が豊富に記されており、*Curtain Up* は読んでいて飽きない。

『招かれざる客』は一九五八年八月四日、英国ブリストルの「ヒッポドローム劇場」で初演され、その直後にロンドンの「ダッチェス劇場」に移る。同年同月十二日から再上演された芝居は劇評も良く、連日大入り。重く暗いトーンの芝居にも関わらず、優れた冒頭シーンで釘付けになった観客は、その後の怒濤のサスペンスに酔い、クライマックスのドンデン返しと意味深長な幕切れを、大いに堪能したに違いない。『招かれざる客』は、公演数六百回を越える大ヒットとなった。

3 小説版に関する好事家のためのノート

さて、本書は一九九九年に発表された、戯曲『招かれざる客』の小説版である。著者はチャールズ・オズボーン。彼は一九九七年にクリスティー初期の戯曲『ブラック・コーヒー』（一九三〇）も小説化し、今回はその第二弾となる。

少し長くなるが、彼の略歴を改めて記しておこう。

著者のチャールズ・トーマス・オズボーン（一九二七～二〇一七）は、オーストラリア出身のジャーナリスト・作家・詩人。一九五〇年代から英国の雑誌《ロンドン・マガジン》の編集に携わり、その後〈英国芸術評議会（Arts Council of Great Britain）〉の文芸部門の責任者を務め、《デイリー・テレグラフ》誌の劇評などを手掛けた。

オペラと文学の研究家としても知られ、クラシック音楽関係では、*Verdi: A Life in the Theatre*（ヴェルディ：劇場の人生／一九八七／ワイデンフェルト&ニコルソン社刊／未訳）や、*Wagner and his world*（ワグナーの世界／一九七七／テムズ&ハドスン社刊／未訳）などの研究書を多数上梓。英国の権威ある音楽雑誌《Opera》の編集委員も長年務めた。わが国では評論書『シューベルトとウィーン』（原著は一九八五／岡美知子訳／音楽之友社刊）が翻訳されている。

文学関係では詩人と詩作に造詣が深く、評伝 *W.H. Auden: The Life of a Poet*（W・H・オーデン：詩人の生涯／一九七九／ホートンミフリンハーコート社刊／未訳）や、*The Collins book of best-loved verse*（コリンズ版：愛の詩ベスト選／一九八六／コリンズ社刊

／未訳）などを出版。一九八二年には研究書 *The Life and Crimes of Agatha Christie*（アガサ・クリスティーの生涯と犯罪小説／ウィリアム・コリンズ・ソンズ社刊／未訳）を刊行（一九九九年に増補版刊行）。クリスティーの専門家としても知られるようになり、戯曲『ブラック・コーヒー』『招かれざる客』『蜘蛛の巣』の小説化を手掛けた。ただし『蜘蛛の巣』（二〇〇〇）は本邦未訳だ。

二〇一一年には、オスカー・ワイルドの幻の戯曲『コンスタンス』を発掘、世界初演を手掛けている。

このようにオズボーンは舞台芸術と文学、特に詩作のスペシャリストなのだ。舞台好きとなれば、劇作家としても優れていたクリスティーに興味が向くのは自然であろう。しかも研究書まで執筆しているのだから、筋金入りの愛読者に違いない。

その研究書 *The Life and Crimes of Agatha Christie* の中で、オズボーンは『招かれざる客』についてこう述べている。


『招かれざる客』は、一般的な〈殺人ミステリ〉に見せかけて、実は〈殺人を扱う反ミステリ〉と言えるかもしれない。（中略）『ねずみとり』や『検察側の証人』とは違って、『蜘蛛の巣』のような完全なオリジナルの新作で、クリスティーが過去に書いた小説を脚色したものではない。実際『招かれざる客』は彼女の最高作のひとつで、会話は緊迫感があり効果的。筋書きも簡潔で、過度に複雑でもなく、驚きに満ちている。

(*The Life and Crimes of Agatha Christie*　四章〝The Mousetrap〟and After より)


「一般的な〈殺人ミステリ〉に見せかけて、実は〈殺人を扱う反ミステリ〉」という評価は至言であろう。真犯人や真相に関して幾通りもの解釈が可能、しかも「正解のないミステリ」「リドル・ストーリー」のような作品だ。こうした趣向はクリスティー作品史において前例はなく、まさに〈反ミステリ〉の新境地を開拓したのだ。

いや、しかし——そんな異色作を小説に置き換えようというのだから、オズボーンはよほどこの戯曲が好きなのだろう。

そもそも芝居は俳優の演技と演出による再現芸術である。戯曲は上演用の台本にすぎず、小説と違って描写や説明が少ない。台本を読んで鑑賞するには、ある程度のイマジネーションによる補完作業が読み手には必要だ。

とはいえクリスティーの戯曲はセリフ以外のト書きが比較的多い。登場人物の動作・行動・表情や、演者の立ち位置や動き方が細かく記されていて、テキストだけで最低限の鑑賞は可能だ。しかし、セリフや行動の行間に隠された人間関係（対立・協調・葛藤・軋轢（あつれき）等）や、それから生まれる劇的なドラマは、すべてが書かれているわけではないので、推し測って読解しないといけない。

そこで、オズボーンの出番となる。彼は舞台芸術と文学の専門家だから、そうした戯曲と小説の違いや、小説への変換の方法なども熟知しているはずだ。

結論から言えば、オズボーンはクリスティーが書いたト書きや説明をうまく生かし、登場人物たちのセリフに秘められた心情や行動の理由などもそつなく脚色し、活写している。

それだけではない。オズボーンは小説化した際に「深み」となる要素を、独自の解釈で補完しているのだ。

例えば、三章でローラが語るこんなセリフ。「わたしが話したことは、一から十まで嘘かもしれないんですのよ」

また、六章では、捜査を担当するキャドワラダー部長刑事が、シェイクスピアの戯曲『ヘンリー四世』のセリフを引用して、こうつぶやく。「いやはや、まったく嘘だらけの世の中だ！」

いずれもクリスティーの戯曲には無い、オズボーンによる加筆。登場人物たちの言葉は、実は「嘘」かもしれず、欺瞞と偽りだらけの人間関係かもしれないので、そのまま受け取ってはいけない旨を、オズボーンはこの加筆によって強調する。しかも、ミステリという騙しの文学の作劇に疎い読者へ向けた、親切なアドバイスでもあるのだ。

もっと言えば、この解説の冒頭に記したような疑問に対しても、オズボーン独自の加筆と描写が、その謎解きを——あたかも〝霧〟が晴れるかのごとく——助けてくれるかもしれない。

ちなみに『ヘンリー四世』のセリフを引用するのが、捜査を担うキャドワラダー部長刑事。オズボーンは、戯曲版の登場シーンでいきなりジョン・キーツの詩を暗唱する彼のキャラクターを膨らませ、随所で英国詩人たちの名詩を彼の口から語らせるのだ。引用される詩人は、キーツに加えて、T・S・エリオット、ジョン・メイスフィールド、ジェームズ・バリー、アレグザンダー・ポープ——とバラエティ豊か。いかなる犯罪現場でも、常に詩心を忘れないキャドワラダーのキャラクターは、この小説の粋なアクセントになっていると思う。英国詩に造詣が深く、アンソロジーを組むオズボーンならではの遊び心だ。こうした脚色も小説版の楽しい要素だろう。

視点を変えて、もうひとつだけ小説版の役割を記しておく。

日本は〈クリスティー文庫〉のラインアップが充実しているおかげで、小説も戯曲も容易に手に入れることができる。しかし、欧米では巨大な書店ですら戯曲の取扱いは少なく、一般書店では手に入りにくい。戯曲作品はサミュエル・フレンチ社やドラマティック・パブリッシング社といった戯曲の権利と公演を厳しく管理する組織が主に扱っており、印刷版は大都会の大型書店か、ニューヨーク・ロサンゼルス・ロンドン・パリ等の劇場公演が特に盛んな都市の戯曲専門店に行くか、通信販売でしか買えない状況にあった。昨今はインターネット通販で、専門書店のウェブサイトから戯曲の原書が購入しやすくなったとはいえ、それでも戯曲の印刷版は在庫が少なく、入手には一手間かかるのだ。しかし小説化された書籍ならば、一般書店で流通が可能だし、読者も手に取りやすい。オズボーンの小説化は、そうした市場ニーズにも応えているのである。

4 『招かれざる客』に関するさらなる不思議

さて、最後に『招かれざる客』に関して、私が「面白いなあ」と長年思ってきた蘊蓄(うんちく)を二つ記しておく。

ひとつは、一九六九年にフランス語に翻訳され、*Un Ami... Imprévu*（友…想定外の）のタイトルで、パリのコメディ・デ・シャンゼリゼ劇場で上演されたフランス版の話である。

翻訳者はフランスの劇作家ロベール・トマ。彼は、わが国でも頻繁に上演されるドンデン返し劇の傑作『罠』（一九六〇）や、『八人の女』（一九六二）、『一人二役』（一九七〇）等の優れたミステリ戯曲の作者として名高い。ミステリに精通するトマがクリスティーを訳すのは不思議ではないし、彼女のミステリ・マインドを継承するという意味で、トマほどの適任はいないだろう。しかも、トマ自身の作風に近い『招かれざる客』を訳したというのも面白い。

フランス語版の台本が、演劇誌《*L'Avant-Scène Theatre*》（一九六九年七月十五日・四三〇号）に載っているので読んでみたところ、大筋はそのままだが、ところどころで加筆・修正が施されていた。

紙面の都合上、差異を詳しくは記せないけれど、まず大きな違いは全二幕が四幕に改変されている点。また、オリジナル版は屋外の天気が濃い霧に終始するが、トマ版は物語の高揚に合わせて天候が崩れ、嵐が荒れ狂い、稲妻が走る。演出効果が派手なのだ。

舞台はフランスのフォンティーヌブローの森の周辺の古い邸宅に変更され、登場人物の名前も一部フランス流に改名されている。ラストシーンも加筆されていて、ローラとスタークウェッダー（仏訳では後者の名前がミシェルに変わっている）との会話がオリジナルと少し違う。トマは二人の愛の交錯を、フランスらしい情愛の激突として解釈したようで、クライマックスでは天候が荒れ、雷鳴が響く。おかげで異様な緊迫感が生まれ、台本を読んでいるだけで迫力があった。演劇という再現芸術ならではアレンジが面白く、機会があればロベール・トマ版の『招かれざる客』を、実際の舞台で観たくなってくる。

そして、二つ目の蘊蓄を書くと――。

アメリカ映画に『暗闇でドッキリ』（一九六四）という大爆笑の傑作がある。ピーター・セラーーズ主演、ブレイク・エドワーズ監督のミステリ・コメディーである。大富豪の家で起きた殺人事件を、狂気の警部クルーゾーが捜査するのだが、彼が容疑者のメイドのマリアに一目惚れし、彼女は絶対に真犯人ではない、と思い込んだことで犯罪捜査が修羅場と化す。

この映画は、フランスの劇作家マルセル・アシャール戯曲『愚かな女』（一九六〇・泉田武二訳・新潮社刊）を、アメリカの脚本家・劇作家ハリー・カーニッツが脚色した戯曲“A Shot in the Dark”（一九六二・サミュエルフレンチ刊・未訳）の映像化だ。ちなみに脚色を担当したのはエドワーズ監督と、後年映画『エクソシスト』の原作者として有名になるウィリアム・ピーター・ブラッティ。優れた知性と稚気の持ち主たちが集まって完成した、ギャグ映画の金字塔なのだ。

注目すべきは、事件直後にマリアがピストルを握って被害者の傍らにいた、という設定。そして、事件に介入した第三者（この場合はクルーゾー警部）により、最重要容疑者マリアが除外され、別の容疑者が次々に俎上に上がる、という展開だ。いはやは『招かれざる客』とソックリではないか。

もっと言うと、この要素は映画の原作『愚かな女』の基本設定のままなのだ。この戯曲では、事件担当になった治安判事が、「銃殺された男の横にピストルを持って裸でいた恋人のメイドは、無実に違いない」と盲信したことで、事態が混迷する。

『暗闇でドッキリ』といい、『愚かな女』といい、『招かれざる客』に直接インスパイアされたかどうかは定かではないが、短期間に同じ空気を持つ作品が次々に作られたのは、不思議としかいいようがない。ちなみに――『愚かな女』の作者マルセル・アシャールの弟子筋にあたるのが、『招かれざる客』をフランス語に訳したロベール・トマなのだ。これまた奇縁というか、なんというか――。

とまあ、蘊蓄に筆が滑りすぎたけれど、トマ版の『招かれざる客』にしても、『暗闇でドッキリ』にしても、『愚かな女』にしても、そして、本書チャールズ・オズボーンの小説版にしても、どれもクリスティーの演劇をより楽しく鑑賞するための素敵な作品群だといえる。

おそらく『招かれざる客』には、時空を超えてクリエイターたちの創造力を刺激する不思議な魔力があるのだろう。本書の著者オズボーンもその魔力に魅せられ、名作オペラを新たな解釈と演出で上演するかのように、『招かれざる客』の小説版を執筆したに違いない。

本書は、二〇〇二年十二月に講談社文庫より刊行された『アガサ・クリスティー招かれざる客』の翻訳に修正を加えたハヤカワ文庫版です。

バラエティに富んだ作品の数々
〈ノン・シリーズ〉

名探偵ポアロもミス・マープルも登場しない作品の中で、最も広く知られているのが『そして誰もいなくなった』（一九三九）である。マザーグースになぞらえて殺人事件が次々と起きるこの作品は、不可能状況やサスペンス性など、クリスティーの本格ミステリ作品の中でも特に評価が高い。日本人の本格ミステリ作家にも多大な影響を与え、多くの読者に支持されてきた。

その他、紀元前二〇〇〇年のエジプトで起きた殺人事件を描いた『死が最後にやってくる』（一九四四）、『チムニーズ館の秘密』（一九二五）に出てきたロンドン警視庁のバトル警視が主役級で活躍する『ゼロ時間へ』（一九四四）、オカルティズムに満ちた『蒼ざめた馬』（一九六一）、スパイ・スリラーの『フランクフルトへの乗客』（一九七〇）や『バグダッドの秘密』（一九五一）などのノン・シリーズがある。

また、メアリ・ウェストマコット名義で『春にして君を離れ』（一九四四）をはじめとする恋愛小説を執筆したことでも知られるが、クリスティー自身は四半世紀近くも関係者に自分が著者であることをもらさないよう箝口令をしいてきた。これは、「アガサ・クリスティー」の名で本を出した場合、ミステリと勘違いして買った読者が失望するのではと配慮したものであったが、多くの読者からは好評を博している。

72 茶色の服の男
73 チムニーズ館の秘密
74 七つの時計
75 愛の旋律
76 シタフォードの秘密
77 未完の肖像
78 なぜ、エヴァンズに頼まなかったのか？
79 殺人は容易だ
80 そして誰もいなくなった
81 春にして君を離れ
82 ゼロ時間へ
83 死が最後にやってくる
84 忘られぬ死
86 暗い抱擁
87 ねじれた家
88 バグダッドの秘密
89 娘は娘
90 死への旅
91 愛の重さ
92 無実はさいなむ
93 蒼ざめた馬
94 ベツレヘムの星
95 終りなき夜に生れつく
96 フランクフルトへの乗客

訳者略歴　お茶の水女子大学英文科卒，英米文学翻訳家　訳書『アクロイド殺し』『牧師館の殺人』『予告殺人〔新訳版〕』クリスティー，『木曜殺人クラブ』『木曜殺人クラブ 二度死んだ男』『木曜殺人クラブ　逸れた銃弾』オスマン（以上早川書房刊）ほか多数

Agatha Christie

招（まね）かれざる客（きゃく）
〔小説版〕

〈クリスティー文庫 107〉

二〇二四年九月二十日　印刷
二〇二四年九月二十五日　発行

（定価はカバーに表示してあります）

著者　アガサ・クリスティー
　　　チャールズ・オズボーン
訳者　羽田詩津子（はたしずこ）
発行者　早川浩
発行所　株式会社 早川書房

東京都千代田区神田多町二ノ二
郵便番号一〇一‐〇〇四六
電話　〇三‐三二五二‐三一一一
振替　〇〇一六〇‐三‐四七七九九
https://www.hayakawa-online.co.jp

乱丁・落丁本は小社制作部宛お送り下さい。
送料小社負担にてお取りかえいたします。

印刷・精文堂印刷株式会社　製本・株式会社フォーネット社
Printed and bound in Japan
ISBN978-4-15-130107-0 C0197

本書は活字が大きく読みやすい〈トールサイズ〉です。